ヨーガに生きる

中村天風伝 Ⅱ

中村天風とカリアッパ師の歩み

おおいみつる

春秋社

目次

ヨーガに生きる　中村天風とカリアッパ師の歩み

一　ヒマラヤの山々

カンチェンジュンガの夜明けは、まことに荘厳である。まず、東天にほんのりとした明るみが射す。その時はまだ、ヒマラヤの山々は、黒い帳《とばり》に包まれた夜空の中に、巨大な鉄《くろがね》を伏せたように、黒々とした姿を横たえている。と、見るうちに、その黒い塊にすっと一本の赤黒い線が走る。そして、また一本と、次々に山の稜線《りょうせん》が輝いていく。八千メートル余の高さを持つカンチェンジュンガ、人呼んでカンチはこうして夜明けを迎える。

日の出の陽光が、真っ先に山の上部に先鞭をつけるのだが、濃いエンジ色のそれは、あまりにも神秘的であり、また思わず打たれる神々しさがあった。そしてその色合いは、徐々に燃えるような明るい赤へと変わっていく。

すると、その明るみによって、深く刻まれた山襞《やまひだ》が、少しずつ浮き彫りされてくる。巨大な山ではあるが、そのどこもが複雑に入り組んでいて、それらの様相が、仄《ほの》かな光によって、はっきりと読み取れるのであった。

この頃になると、辺りも明るさを増し、山の上に輝いていた無数の星も、いつの間にやら数を減らし、また残っている星も、すっかり生彩を欠いているのに気づく。つい今しがたまで、大地を支配していた暗黒の重々しさが退散し、あの澄んだヒマラヤの空がもどりつつあるのであった。

その下で、今やカンチ全体が、淡いピンク色と深みのある碧《あお》のような色合いに輝いているのだが、こうして大自然の偉大な演出に魅せられているうちに、いつしかカンチは、昼の、あの威容を取りもどしているのであった。


ヒマラヤ山脈の東端に聳《そび》え立つ、世界第三の高峰カンチェンジュンガ、その高さは八、六八六メートル、愛称カンチで世界の人に親しまれている名山である。

カンチェンジュンガという、この舌をかみそうな長い名は、そもそもが西蔵《チベット》語で、カンは山、チェンは大という意味だから、これだけだと巨大な山ということになる。さらに、ジュンガというのがその後につくのだが、これは五つの宝との意で、日本的に訳せば、五大宝蔵を秘めたところの巨大な山ということになる。

実際、その名の示すとおり、七千メートル級の岩山が五つほど、主峰をほどよく取り囲んでいるのだが、カンチェンジュンガというのは、それらを総称した名なのである。そして、それ以外に近接する山がないことも、名山と言われる一つの因ではある。いずれにしても、この辺り一帯が、チベット仏教の文化圏だったということを、その名が物語っている。

カンチェンジュンガと言えば、すぐ想い起こされるのがダージリンである。その名は紅茶の産地としても知られているが、やはりここは、カンチの眺望第一の地として推したい。

ダージリンは、ヒマラヤの山麓にありながら、高い尖塔が目を惹《ひ》く豪華な教会があり、その隣りには、ビクトリア王朝風の凝った建物がたっている。そして、その前には広い芝生と美しい花壇が広がるという、まるでロンドンの郊外へでも来たのか、とそんな錯覚すら覚える街、そんな不思議な街、それがダージリンなのである。

それもそのはずで、その昔、と言ってもわずか四十年前までそうであったのだが、全インドを英国が統治していた時代に、高級軍人や司政官たちが、酷熱の地カルカッタなどを避け、半年くらいはこのダージリンで執務していたのである。

遠い異国の地にあって、彼ら征服者も、そぞろ故国を想うことは多かったであろう。その望郷の念が、彼らの故郷英国にそっくりの街を、このヒマラヤの山中に出現させたのである。

そして、世の常として、支配者あるところには、野望に満ちた諸々の人が集まって来る。英国をはじめ、欧州諸国から、貿易商、探検家、あるいは作家、学者など、あらゆる階層の人々がこのダージリンへ足を運んだのである。

そして、彼らが一夜の夢を結んだのが、今も往時の姿をそのままに残す、大小数多くのホテルなのである。そのどれもが古風然たるたたずまいであり、その内部は、広い応接間と、それにつづく立派な寝室、さらには大きな浴槽から調度品に至るまで、何もかもが、古きよき時代の英国を物語っているのである。

その昔、七つの海を制した夢多き男たちが、欧州からはるばるヒマラヤの山中にまで来て、いったいどのような夢をその豪華なベッドの上で結んだのであろうか。

栄枯盛衰は人の世の常とは言うものの、現在の英国の姿を想い、またグルカの人々がこれらのホテルを少々持てあましているさまを見ると、その移り変わりの激しさに、ふっと無常感に打たれたりする。とにかく、大英帝国華やかなりし頃の遺産、それがカンチ山麓のダージリンなのである。

だが、そうした人間臭さも、一度、小高い展望のきく虎の丘《タイガーズヒル》へ立つと、いっさいが吹き飛んでしまう。

もちろんそれは、眼前に聳えるカンチェンジュンガの威容によって、生臭い人間興亡の歴史などものの数ではない、と思い知らされるからである。いや、もっと端的に言えば、この大自然の威に粛然《しゅくぜん》として打たれ、思うところなし、と言うのが本当かもしれぬ。

この世界の屋根と言われるヒマラヤは、概して突き立った刃物のような鋭さを持つ山が多い。山と言うよりは、とがった岩を天空に向かって突き立てた、そんな感じなのだが、そうした中にあって、カンチェンジュンガは珍しく容量を誇った山なのである。

それでいて、八千メートル級の高さを持ち、なおかつその山容もなかなかよろしい。そうしたところから、白き神々の座、として長い間信仰の対象ともされてきたという、名山と呼ぶにふさわしい数々の条件を満たしている。

これほどの気宇壮大な展望は、世界広しといえどそう滅多にあるものではないが、その大自然の威に打たれているのもしばし、やがて私の想いは、いつしかほかへと転じていた。それは、眼下に広がるこのカンチ山麓で、かつてカルマ・ヨーガの大聖者カリアッパ師について、正統なヨーガを学んだ、一人の日本人のことへと移っていったのである。

それは、今からおよそ八十年ほど前のことなのだが、中村三郎という若者が、欧州から日本へ帰るその途中、ふとしたことから知り合ったカリアッパ師に連れられて、このカンチ山麓へと入り、ヨーガの修行をするという、まことに希有な幸運に恵まれたのであった。


ヨーガは、世界にさまざまな宗教・哲学が多い中でも、もっとも古い歴史を持つと言われているが、その起源をたどれば、三千年前、あるいは四千年も前だと言われている。だが、そうした長い歴史を持ちながらも、ヨーガ哲学は常に蔭の存在としての地位に甘んじてきた。少なくとも、その流れをくむ仏教や、その一派である禅のように、大きな流れとなって世に迎えられたことは一度もない。

しかしながら、仏教や禅の源流としての価値は、燦然《さんぜん》たる輝きを持っており、人間が誇りうる叡智の一つであることには変わりがない。しかし、このような地の果てのような地に、なぜそのような精神文化が生まれたのであろうか。少なくとも、今日の現状からすれば、まことに不思議な感に打たれるのだが、それにはまずもって、インドという国の、あのどうにもならぬ暑さから想いを致さねばならなくなる。

インドと言えば暑い国と、誰しもがその暑さを連想するのだが、まったくそのとおりで、それはなみたいていのものではない。日中、とくに昼過ぎともなれば、ひたすら大地を焼き尽す太陽を避け、家の中に入ってごろりと一寝入りするか、木蔭に坐って目を瞑《つぶ》り、じっと時の過ぎるのを待つ以外ない。

当然それが一つの習性として定着していったのだが、木蔭に坐し、わずかばかりの涼をとっているうちに、心はいつしかこの酷熱を送り込む太陽を想い、また月を想い、そして星に、と想いは広がっていく。

これも自然の成り行きだが、こうして考えられた天体観測の遺跡は、今日でも遺されていて、その精巧なのに驚かされもする。

大宇宙への想いは、さらに小宇宙とも言うべき人間自身へと向けられていく。心の働きは不思議だが、いったいどうして起こるのだろうか、肉体の仕組みはどうなっているのか、なぜ病になるのか、と想いは次から次へと発展し、何代も何代もかかって、次第にそれは哲学的な体系を整えていく。

　こうした思索への目覚めは、何もヒマラヤ山麓のみならず、インドの各所に見られた傾向で、その歴史は古くそして長い。その間にも、さらなる涼を求め、遠くから識者賢者がヒマラヤ山麓へと足を運んだ。何十日もかかって、熱砂の地を歩いてやって来るのである。

　いかに暑いのには馴れているとは言え、人間誰しも、涼風に吹かれる心地よさというものは、忘れがたいもので、ヒマラヤ山麓の山中とて昼日中は暑いが、そこは高所のこと、平地よりはずっと涼しいし、木蔭の冷気は一段と魅力がある。

　しかもそこには、涼風とともに、粛然として聳える白き神々の座ヒマラヤの秀峰がある。その瞑想も進むにちがいない。こうして霊場としての雰囲気は、優れた外来者の参入もあって、よりいっそう昂《たか》められていく。

　やはり、瞑想をし、そしてさまざまな行に専念するとなると、こうした自然的な条件というものは大事で、こうした大地によってヨーガという類いまれなる哲学が育まれ、またその流れの中から、釈迦の原始仏教という、きわめて現実的な人生哲学も生まれてきた。

　日本のように、四季それぞれの味わいがあり、常に農耕に励むことのできる土地であると、勤勉ではあるが、いつも忙しげにたち働いていないと気がすまぬ、という国民性ができてくるし、これは大変恵まれたことだが、反面、天地大宇宙に想いを馳せる、というような壮大な気分は培われることがない。

釈迦が開眼したのは、同じヒマラヤ山麓でも、このずっと西の方だが、その頃すでにヨーガはこの地方一帯に広く根づいていた。当然釈迦も、出家当初、ヨーガに取り組んでいるが、よき導師を得られなかったためか、失意のうちに終わっている。

そして、独り菩提樹の蔭に坐し、瞑想に入っていくのだが、しかし、こうした行に入るということ自体、すでに長い歴史を有する哲学的な思考の枠内にあったということができる。だいたい人間というものは、いかにその人が傑出していたとしても、また独創力豊かな人材だったとしても、やはりそれを生み出すだけの背景というものがなければ、偉大な思想や宗教、また芸術も生まれてこない。

何事も、それを育む土壌あってこそなのである。釈迦の開眼も、またその後に説かれる法も、釈迦がそれまでに学んだもの、行じたものが、心の奥底で醸成され、機熟し、明澄なる心の表面に出てきたもので、まったくの無からこれだけのものが生ずる道理もない。

そして、その深淵なるヨーガの土壌が、日本にも初めて移された。カリアッパ師のもとにあった若者がそれを持ち帰ったのである。

昭和二十二年、秋のことであった。

敗戦からちょうど二年、いまだ日本の国内はその混乱がつづき、極端な食糧不足に悩まされていた。人々は食べる物を求めて闇市に群がり、住むところとて焼け跡の仮住まいがつづくという具合いであった。

そうした時に、東京の中心街とも言うべき有楽町で、一見奇妙なと言うか、当時の世相からはおよそ考えられぬ、一つの集まりがあったのである。

それは、占領軍である米軍の将校たちが、一人の日本人を招いて、ある種の勉強会のようなものを開いたのであった。この頃の有楽町界隈《かいわい》は、主要な建物はすべて接収され、マッカーサーの司令部をはじめとし、対日理事会や豪軍その他の司令部も置かれ、帝国ホテルは彼ら専用の宿舎であったし、劇場とて、主だった劇場はほとんど彼らが使用していた。

したがって、街は米軍などの将兵でいつも溢れていたのだが、彼らの豊かさにくらべ、日本人の汚ない復員姿などは、いかにもみすぼらしいものであった。その惨めさは、物の貧富という面だけでなく、精神的にも勝者と敗者の差は歴然たるものがあった。

「日本人の精神年齢は、十三歳」

などと言われても、反論の一つも出ないという無気力さで、とにかく、この頃の日本人は、物心ともに打ちのめされた状態に置かれていたのであった。

そうした世相の中で、劣等民族、と彼我ともに認めていた日本人から、米軍の将校たちが何かを学ぼうというのは、ちょっと聞いただけでは、奇妙な現象としか映らなかった。

まして、人間観・世界観について教えを乞うなどということは、誇り高き戦勝国の軍人と、敗戦国の民間人という、その立場だけを考えても、本当とは思えなかったのである。

それが、佐官以上の高級将校多数を前にして、小柄な一人の日本人が、諄々《じゅんじゅん》として人間のあり方を説いたのだから、当時としては、まったく破格と言うほかはなかったのである。

ヨーガという言葉が日本で一般的になったのは、戦後のことで、それ以前には、専門家ならともかく、ほとんど知られていなかった。しかし欧米では、大正時代からすでにかなり知られていたのであった。

それは、ラマチャラカなど有力なヨギが、インドから欧米に渡っていたからだが、それでも、禅と同じように、東洋の神秘的な哲学との印象は深かったであろうし、したがってその理解にも手を焼いたであろうことは容易に察しがつく。

そして、日本へ進駐して来た米軍将校の中にも、ヨーガの体験者はいたであろうし、また関心を抱く人もいたにちがいない。そしてその有志たちが、関東に進駐していた米第八軍の司令官アイケルパーカー中尉を動かし、日本にただ一人存在するヨギ、中村三郎を招いてのヨーガ勉強会を開くまでになったのである。

それにしても、インド人や欧米人の講師を招くというならともかく、日本人から教えを受けようというのは、当時の雰囲気からして、これもかなり勇気ある決断であったと言ってよい。

対日理事会にはインド人もいたことであるし、アメリカにはヨーガの教師はいくらでもいたのである。

講習会は、連日、二百五十人からの将校たちが熱心に受講した。会場は高級将校のクラブとなっていた毎日ホールであった。

毎日ホールは有楽町駅のすぐ前にあった。今日では、そのすべてが移転して、有楽町界隈には、新聞社は一社もなくなってしまったが、以前は、有楽町と言えば、まず活字とインキの匂いが漂う街であり、大きな輪転機の回るさまが、外からもよく見えたものである。

その毎日ホールでの講習も、七日目を迎え、次第に佳境へと入っていった。

中村三郎は、若い頃、コロンビア大学の医学部に留学しており、英語の方はきわめて堪能であった。とは言っても、長い間会話は遠ざかっているから、聞きにくいところはあったであろうが、それでも、歯切れのよい日本人的な発音が、むしろこうした種類の内容とは合っていたのかもしれない。なかなか好評だったのである。

また、聞き手の質もよかった。有志の軍人はもちろん、総司令部や各軍の司令部には、哲学的造詣の深い文官や、東洋文化を専門とする学者なども配属されていたから、それらの参加者も、俗語《スラング》とはあまり縁のない人々であった。こういう人々には、古典的な正統英語が向いていたのであろう。

《海辺には、男波女波が絶え間なく押し寄せています。これと同じように、われわれ人間の心にも、好むと好まざるとを問わず、また気づくと気づかぬとを問わず、感情や感覚からの刺戟が押し寄せて参ります。

生きているかぎり、これを避けるわけにはいかない。お墓の石になってしまえば、それは何があっても感じない、ということになりますけどねえ。

ですから、生きがいのある状態で生きようと思ったら、どうしても、今日の演題である、神経反射の調節ということが必要になってくるんであります。生きているかぎり、感情や感覚の刺戟から逃げることはできないんですから。

この神経反射の調節というのはどういうことかと言うと、これがなされていないと、もう些細な感情の動き、あるでしょう、心配だ、不安だ、とねえ。あるいは憎らしいとか、腹をたてたりで、それは忙しいこってす。

また、一方の感覚から受ける影響を考えても、暑いとか寒いとか、やれ音がうるさくて眠れないとか、われわれの持つ、眼耳鼻舌《げんにびぜつ》、そして皮膚の受ける痛いとか痒《かゆ》いとかという感覚ですね、これを五感と言ってますが、これから絶えず影響を受けています。

この感情や感覚から受ける影響をそのまま放っておくと、しまいには、わずかな感情の動きや、もう些細な感覚的刺戟が、必要以上に心に大きく伝わって、その結果、忍べば忍べるような刺戟であるにもかかわらず、もう、打ちのめされたような、惨めな状態を自ら招くことになってしまう。

これでは、安心した人生どころか、それこそ、毎日日日《まいにちひにち》を、薄氷を踏むような、憐れな、情けない状態で生きることを余儀なくされてしまう。

どうですか、あなた方、自分自身を省みて。

「まったく、そのとおりだ」

なんて、妙なところで感心してちゃあいけない。人生はたった一度。二度と再びこの世に生まれてはこれない。だとしたら、もっと生きがいのある状態で生きなきゃあ嘘ですよ。

そこで、この神経反射の調節というのが必要になってくるんだが、これができてくると、五の刺戟は五、それ以上のものになって心には伝わらない。ところが、五ぐらいの刺戟が、十にも百にもなって心に伝わると、もう周章狼狽《しゅうしょうろうばい》、もっとも、それですめばまだしも、それが度重なると、しまいには体まで壊してしまうことになる。

しかし、神経反射の調節ができている人は、たとえ五十くらいの大きな衝動が押し寄せても、心には五か一くらいにしか伝わらない。ですから、けっして周囲の状況に左右されるようなことがないんであります。

さ、もう多くは申しません。神経反射の調節ということが、人間生きていく上でどうしても必要なんだ、ということがお分かりいただければ、それでいい。

で、それなら、いったいどうすれば、その神経反射の調節ができるのか、その大事な本題に入ることにしましょう。

この方法はですね、私が三十五の時に、遠くヒマラヤの麓《ふもと》で、二年七カ月におよぶ難行苦行の結果、ようやく得られた貴重な方法なんであります。あちらでは、これをクンバハカと言っていますがね。

ま、本当言うと、あなた方にも、私が嘗《な》めたような、あの艱難辛苦《かんなんしんく》の末に、あなた方ご自身が体得されれば、あなた方のためには一番いいんですが、それはできない相談ですから、ここで私がてっとり早く教えてしまおう、というわけです。

ただ、一言ご注意申しあげておくと、たやすく得たものは、たやすく失いやすい。労せず得たものは、どうしてもそうした傾向に陥りやすいものですから、右の耳から左の耳へと抜けてしまうことのないように。

それでは、その方法なんですが、口で言ってしまえばまことに簡単なことなんです。感情にとらわれたり、感覚的な衝動に見舞われた時、それから逃げようとか、打ち消そうなんてことは考えないで、一瞬、まず肛門を閉めてしまうんです。

かっと腹をたてたり、恐ろしいと思ったような時にですよ、それを鎮めようと、たいていの人は一所懸命努力するんですが、それは、一見もっともなようでいて、これほど無駄なことはないんです。それで押さえられればいいですけど、押さえられない。

それよりも、それはそれで放っておくんです。それで気づいたら、さっと肛門を閉める。そして同時に、お腹の下の方にぐっと力を入れる。その時、肩に力が入ったり、上がったりしてはいけないから、肩の力を意識的に抜いてやるんです。

肛門と、お腹と、そして肩と、この三つを瞬間、同時にやるんです。同時ですよ。一、二、三と次々にやるんじゃないんですよ。一緒にやらなきゃあいけない。また、一瞬でいいんです。いつまでもやってたら、第一、息ができないでしょう。一瞬、そして、またお腹の力も抜いて、もとにもどし、次の瞬間にまたもう一度、という具合に何度でもやるんです。どうです、いたって簡単でしょう。》

中村三郎の話がここまできた時に、静まり返っていた毎日ホールの会場は、突如として起こった奇声にその静寂を破られたのである。

「ハロー、グレイター!」

その金切り声に近い声の主は、中ほどにいた女性のものであった。少佐の襟章をつけた、中年に近いその女性士官は、その言葉を連発すると同時に、演壇の方へと走って来る。

そして、壇上に駆けのぼると、

「ルック、ヒャー」

を繰り返しながら、一枚の古ぼけた紙を中村三郎に示したのである。

彼女は、五年ほど前から、アメリカにあるラマチャラカのヨーガ・スクールでヨーガを学んでいた。そして、クンバハカの命題をもらったのが、ちょうど三年前のことであった。そして、彼女に与えられたクンバハカへの手がかり足がかりは、次のようなものであった。

「自分の体をコップに水をいっぱい入れたような状態にして、その瞬間、呼吸を止める」

これが、クンバハカだと言うのである。これをもとにクンバハカを悟れ、と言うのである。以来彼女は、自宅のテーブルの上はもちろん、ピアノの上、家具の上と、家中のあちこちに水を入れたコップを置いて、それを眺めては考えていったのである。

だが、どうしても分からない。むずかしいことは当初から予想はしていたのだが、時がたつにつれて、ますますその難解さが増していくような気すらしてくる。人間、求めて得られぬことほど辛いものはない。真剣に求めれば求めるほどそうである。

そして、一カ月ほど前に、たまたま日本から帰って来たある士官から、日本でそうした講習をする企画が練られている、と聞かされ、さらに詳細を東京へ問い合わせてみたのである。そして休暇をとり、日本へとやって来たのであった。

演壇の上で、彼女が中村三郎に示した紙片には、三年前もらったそのクンバハカへの命題が、はっきりと記されていた。大事にしながらも、時折り出しては眺めていただけに、すっかりすり切れていたが、その命題が、たった今、中村三郎の一言によって、わがものとなったのである。

多くの聴衆の前であることも忘れ、彼女はぼろぼろと涙を流しながら、中村三郎に抱きついていった。それでも彼女の興奮は収まらず、中村三郎の頬に、そして額にと、瞬間的な口づけの雨を降らせていったのである。

聴衆は、この思いもかけない出来事に、ただ唖然たるものであった。それでなくてさえ、厳粛な雰囲気に包まれていたところである。あまりにも、場にそぐわぬ突飛な光景であったから、何が起こったのか、理解に苦しんだとしても不思議はない。日本人であるなら、もちろん、いかに感激したとて、このような激しい行動はとれないが、そこはさすがに米国人である。込み上げてきた喜びに、いっさいを忘れ、子供のように振舞ってしまったのであろう。

しかし、中村三郎にはその喜びがよく理解しえた。そして、眼前の聴衆にことの仔細を伝えると、改めて聴衆は、ヨーガ哲学なるものの、厳しいあり方を知ると同時に、聞かされてしまえばさほどとも思えぬことでありながら、その実、自分で考えるとなると、かほどにもむずかしいものなのか、と深い感慨を覚えたのであった。

この出来事から十年ほどたってから、かの有名なハンス・セリエ博士によって、刺戟《ストレス》学説なるものが提唱され、日本でも大変な反響を呼んだのが、それもはや、今は昔、今日では刺戟《ストレス》が病の一因ともなりうるなどということは、それこそ子供でも知っている一つの常識となってしまった。まこと感慨無量たるものがあるが、それでも、いざ肝腎なその対策はとなると、今日でもまったくのお手上げで、

「お互いに注意しましょう」

くらいしか言いえないのである。要するに、その対策に関しては、まったく進歩は見られないということなのである。

もっとも、セリエ博士は、刺戟《ストレス》防止法と称して、黒い眼鏡と、耳に栓をすることをすすめたのだが、そんなことではまったく解決法とは言えない。厭《いや》な話は聞くな、目にしたくないものは見ない。これで人間生きていけるなら誰も悩む者はいない。

そうした刺戟の多い日々を、なおかつ生きていかなければならないところに、人間としての深い悩みがあるのだから、この点に関しては、偉大な科学者もまったく失格と言うほかはない。

二　邂逅

中村三郎が、カルマ・ヨーガの大聖者カリアッパ師とめぐりあったのは、今からおよそ八十年近くも前の、明治四十三年五月のことであった。

旅の途中、ふとしたことで知り合った人、その一人がカリアッパ師だったのだが、この邂逅《かいこう》は、中村三郎の人生を大きく変えてしまった。もちろん、暗から明への転換だったのだが、それはエジプトのカイロでの出来事であった。

その日、三郎は、ホテルのレストランで椅子に腰を下ろし、ぼんやりと外を眺めていた。いまだ昼の熱気が街に漂い、人影もほとんど見られなかった。ただ、立ち並ぶ白い建物だけが暑気の中にひっそりとしていた。やはりエジプトは熱砂の街であり、砂漠の中の街だったのである。

運ばれてきたスープにも、手をつける気にもならず、三郎は相変わらず窓外に虚《うつ》ろな目を落としていた。気だるさが全身を覆っていたのである。それもそのはずで、三郎は、この朝、久しぶりではあったが、大きな喀血《かっけつ》をしたばかりであった。

さして広いレストランではなかったが、客と言えば、中村三郎と、その少し横にもう一人の客がいるだけで、まことに静かなものであった。やはり賑《にぎ》わうのは夜に入ってからなのであろう。

そのもう一人の客というのは、一見まことに奇妙ないでたちであった。白い布をサリーのように体に巻きつけているところから、インド人のようでもあったが、体つきもそう大柄ではないし、それに顔つきが日本人にきわめて似ていたのである。

だが、白いサリーの上に濃い紫のガウンを羽織っている。それはよくアラビヤの人々が好んでつけるものだが、アラビヤ人のようでもない。それに、長い白髪が耳の下まで垂れ下がっているのが妙に印象的であった。

「どこの国の人かな？」

と、三郎は思った。この暑いのに、なぜあのようなガウンを羽織っているのだろう。これも奇妙であった。しかも、その人には侍者が二人もついていて、一人が背後から、大きな孔雀の羽の団扇《うちわ》で、ゆっくりと風を送っているのである。そして、もう一人の侍者は、すぐ脇にひざまずいており、何か用を言いつかるのを待っている、というふうであった。

「どこかの豪族かな？」

あるいは、大地主か貴族ででもあるのか、とにかく、それなりの地位を持った人間であることは分かる。

三郎がそれとなく興味を惹かれていると、その人は、そんな三郎に、ふっと優しい微笑みを投げかけてきた。思わず三郎も、それにつられて笑みを返していた。

「どうです。お一人なら、こちらへ来ませんか」

その声に誘われて、三郎は腰を浮かせた。そして、椅子から離れると、引き込まれるように寄って行った。

「どうぞ、おかけなさい」

人を包み込むような、温《ぬく》みのある声であった。すすめられるまま、三郎が腰を下ろすと、その人は、どこの国の人間か、と三郎がその人に抱いていたと同じことを聞いた。

「日本人です」

「おお、日本！　知っています。知っています。腹切《はらきり》ですね」

大仰《おおぎょう》に手を広げると、その人は愉快そうに言った。いきなり出された腹切に、三郎は思わず苦笑させられた。そして、話は当然ながら、旅のことへと移っていったのである。

やがて、それもひととおり終えると、その人は急に表情を引き締め、じっと三郎の顔を見つめ、

「あなたは、右の胸に大きな病を持っていますね」

と、言った。

三郎は驚いた。この人とはたった今、会ったばかりで、話といっても、とりとめのない話ばかりで、身の上話など何一つとしてしていない。それに、このレストランへ入ってからは、あの結核特有の軽い咳もまったく出ていないのである。

青白い顔色からして、病人であろうことくらいは誰にでも察しがつく。あるいは、医師であるなら、病み衰えた気力の失せた体からして、結核と推定しうるかもしれぬ。

しかし、この人は、結核どころか、どうやら右胸の空洞まで言い当てているようだ。

〈どうして分かったのだろう?〉

三郎は、薄気味悪い思いであった。

〈医師《ドクター》なのか? しかし、そうは思えないが……〉

当惑げな三郎の表情に構わず、さらにその人は言った。

「その病を持ってそのまま日本へ帰ると、あなたは、自分の墓穴を掘りに行くようなことになるがな」

静かな口調ながら、深い慈愛を感じさせる口調であった。だが、一面において、それは片時も忘れえぬ死への恐怖を、残酷にも抉《えぐ》り出すような言葉でもあった。

病人にとっては禁句とも言えるその一語を、この人はいともあっさりと言ってのける。だが、それにもかかわらず、三郎の心には少しの乱れも生じなかった。三郎の心を傷つけぬだけの温みが、その言葉の中に秘められていたからである。

「実は、おっしゃるとおりなのです」

と、三郎はぽつりと言った。そして、少しの沈黙を守ってから、

「もう助からないということは、自分でもよく承知しています。ですから、どうせ死ぬなら故国

日本の土を踏みたい。日本へ帰って死にたい、そう思ったら、もう矢も盾もたまらずフランスを発《た》っていたのです」

と、寂しげに言ったのである。

この時代、結核と言えば、それはもう不治の病という意識が強かった。とくに若い男女の死亡率が高く、どこの国においても、有為な若者が、次々と容赦なく死に追いやられていく実情は、目を覆うものがあったのである。

しかも、何ら有効な治療法もなければ、薬物も見当たらない。やむなく、栄養と安静にのみ頼るしかないというまことに心細い状態であった。したがって、当時の日本には、海岸や高原という空気の清浄なところに、数多くの療養所が建てられ、しかも、そのどれもが結核の患者で溢れていた。

その結核がようやく終焉を迎えるのは、昭和も二十年代に入ってのことだが、新薬の開発がこれほど威力を発揮した例も少ないだろう。お蔭で今日では、その恐怖はまったく過去のものとなってしまった。しかし、それに代わる難病が次々と出てくるというのは、これまた皮肉なものだが、とにかく、その頃の結核というのは、かほどに恐ろしいものだったのである。

まして三郎のように、大きな空洞が二つもできてしまったら、それはもう明らかに死の宣告を受けたに等しい。残された唯一の道は、いかにして一日でも命を長らえさせることができるか、それだけであった。

「なぜ、もっと治すことを考えないのだ？」

と、その人は改めて問いかけてきた。しかし三郎は、虚しくそれを受け止めていた。

「実は、私は医師なのです」

「ほおっ……そうか」

「ですから、自分の病についても、誰よりも知っているつもりです」

「医学では、駄目だと言うのかね？」

「はい、そのとおりです」

その返答に、その人は改めて三郎の顔を見つめなおした。そして、

「医学だけが、すべてなのかな？」

「…………？」

「いえ、ね。医学が駄目だとしても、それ以外の方法はまったくない、と、そう早々と断定してしまって、それでいいのかな」

「…………」

「助からない、というのは、自分でそう思っているだけでしょう」

「…………」

「あるいは、医者としてのあなたがそう決めてしまったのか、とにかく、神がそうした宣告をなされた、というわけではあるまい」

「…………」

「そうだろう」

この人が、何を言わんとしているのか、三郎にはよく呑み込めなかった。

「自分では駄目だと思っているようだが、私の目に映るあなたは、まだ死ななければならぬ人間とは思えない。何も医学だけがすべてではあるまい」

「…………」

「とにかく、あなたは一番大事なことに気づいていないのだ。それさえ分かれば、まだあなたは死なずにすむ」

その言葉をそのまま受けいれるには、三郎の症状は重すぎた。また、それに対する知識も豊富でありすぎる。まだ助かる、と突忽《とっこつ》に言われても、とても得心がゆくものではない。

それは当然なのだが、肺を病んでいる男と知りながら、それを少しも忌み嫌うでもなく、顔を寄せるようにしてまで言ってくれるその真情に、三郎の心は大きく動かされていた。

実際のところ、結核患者と分かっただけでも、人々は自分を避けた。何か頼もうと声をかけても、そそくさと逃げるように行ってしまうなどということは、それまでにいくらでもあったのである。

穢《きたな》いと言うか、恐ろしいと言うか、今日なら、さしずめエイズのそれに対するような、と言ったらいいのか、とにかく、そうした感情を露骨に示す人が多かったのである。

ところが、この人は、それを充分承知していながら、親のような愛の情を示してくれる。縁もゆかりもない、ほんの道すがらの自分に対してである。たとえ友人知己でもこうはいくまい。そばへ来るのも厭がるにちがいない。あるいは親族とて、丈夫な時のように話し合ってはくれないだろう。

三郎の心が引き込まれていくのも、また当然であった。

「どうだろう、あなたがまだ気づいていないこと、それを私が教えてあげようではないか」

「えっ……?」

「そうすれば死なずにすむ。これから私は国へ帰るのだが、どうかな、私と一緒について来ないかね」

そう言われた三郎は、ふっと顔を上げた。そして、その目には、いくらか光るものを宿していた。三郎は、はっきりと答えた。

「はい、参ります。ついて行きます」

実に明快な返答であった。三郎自身、答えてから、その言葉の力強さと、何ら逡巡するところなくそう言いきった自分に意外さを感じたほどである。人生意気に感ず、というが、三郎のそれはまさにそうであった。それも、なみたいていのものではなかった。

第一、この人が、いかに親愛の情を示してくれると言っても、どこの誰なのか、まったく知らないのである。どこの国の人間であるのか、何をしている人なのか、あるいは何を教えてくれようというのか、皆目分からない。その名さえ、いまだ聞いてはいなかったのである。

ついて行くも行かぬも、それを知った上で、

〈少し考える時をください〉

と言うのが、尋常の話の進め方というものである。またそうしなければ判断のつけようがない。すべてが皆目分からぬとあっては、不安が先に立って検討のしようもないではないか、と思うのが普通なのである。

かりに、即答しうるほどの判断力の優れた人間でも、その事柄に変わりはない。にもかかわらず、人一倍理屈っぽい人間である中村三郎が、何一つ質問もせず、

「参ります」

と、答えてしまったのだから、自分でも不思議な感に打たれるのも無理はなかったのである。それは、それらの疑念や迷いというものを、まったく起こさせないほどの徳の高さを、この人はそなえていたということが言えるのだが、それと同時に、この病み衰えた薄気味悪い自分に対し、たとえ何の動機からかは分からないが、これほどの親愛の情を示してくれる。

結果などはもうどうでもよい。ついて行って、かりにそこで死んでしまっても構わない。悔いるところなし。そんな気概が、三郎の心に炎のごとく燃えさかっていたのであった。

明治は遠くなりにけり、で、明治の人たちの多くが持っていた意気に感ずる人生観も、何事につけ合理主義と損得勘定でものごとを考える今日では、なかなかもって理解しがたいものとなっ

てしまった。

遠い異国の地で、病み衰えた体を抱えて旅をすることほど心細いものはない。そうした限界の状況に追い込まれていながら、なおかつ意気に感じ、自分をその中に投入してしまう。近代合理主義には見られぬ一つの生きざまであった。だがそれが、救いの源となってくれたのである。

「それでは、後で私の部屋へいらっしゃい」

と、言い残して、その人は、二人の侍者をうながし、席を立って行った。三郎は、ただ茫然としてその後ろ姿を見つめていたのであった。

「あなたは幸運な人ですね」

その声に、三郎はわれに帰った。見ると、レストランのマネージャーが、すぐ脇に立っていた。

「えっ……？　何が幸運なんですか？」

「何が、と言って……それでは、あなたは、あの方がどういう方なのか、ご存じないのですか？」

「はい。今、ここで会ったばかりですから」

「そうですか……これは驚いた」

と、彼はしばらく何か思いをめぐらしているようであったが、

「あの方はね、ヨーガ哲学の大聖者、カリアッパ師ですよ」

と言い、さらに耳打ちするように、

「普通なら、とてもそばにも寄れない偉い人なんですよ」

と、言ったのである。
〈ほう……〉
三郎は彼の言葉にうなずいてはみたものの、実際に何のことやらさっぱり分からなかった。ヨーガという言葉を聞くのも初めてであった。ただ、哲学というのだから、何か道でも説く宗教家のようなものかもしれぬ、と漠然とそう思っただけである。しかし、とにかく偉い人なんだな、という印象だけは持たされたのである。

今日の日本では、ヨーガの名を知らぬ人はいないであろう。どこの街にも、ヨガ教室なるものは一つや二つあるだろうし、美容健康のため、あるいは運動のため、そして少数ではあろうが心を求めてと、それらの教室や道場へと通っている。それに、出版物とて、かなりのものが出まわっている。

このような、いわゆるヨーガ・ブームと言われる現象も、すでにかなりの年月を経ているのだが、しかしこれも、ごく最近のことで、戦前には、おそらくヨーガなどという言葉など、ほとんどの人が聞いたこともなかったであろう。専門家ならいざ知らずである。まして、明治・大正の頃のことである。中村三郎が、ヨーガという言葉を聞かされても、その見当さえつかなかったとしても至極当然のことだったのである。

それが、今日のように、ヨーガが欧米をはじめとして、日本など世界に広く普及されたそもそもの端緒は、今世紀の初めに、ラマチャラカという一人のヨギが、アメリカに渡り、発明王エジソンの難病を治したり、多くの著名人と接触を持ったことで、これが機となって、その後、次第に世界各地へと広められていったのである。

したがって、人々がヨーガ哲学に求めたものは、まず病を治す方法としてであり、また健康法としてであった。また東洋の神秘への憧憬もあったであろう。知識人の間にかなりの速度で普及していったのであった。

だがそれでも、当初の伝わり方が治病主体であったために、ヨーガに対する印象は依然として肉体偏重の傾向にあることは否めない。つまり正確な把握がなされていない、あるいは部分的な把握をされている、というのが実情である。

それも、必ずしも悪いとは言えないが、ただ、そうした印象をもって、それがヨーガ哲学なのだ、と速断されてしまっては弊が残る。

また、神秘的と言えば、カリアッパ師が中村三郎の胸部疾患を一目で言い当てたことも、見方によっては、きわめて神秘的と思うかもしれぬ。

しかし、人間の直観力、つまり平たく言えば勘の働きだが、それが研ぎ澄まされてくれば、人間は本来こうした能力を持っているのであって、別に不可思議な力ということにはならない。

長年の経験を持つ医師なら、一見しただけで、かなりの診断をしうるのと同様に、ほかにも職業的な勘の働きに一驚させられることはよくあるものである。しかし、今日のように科学的思考の形態が生活や職業の主体となると、この本来持つところの能力は薄れ退化していくことは事実である。そして、それを規準にして観ると、カリアッパ師の直観力は摩訶《まか》不思議として映る、というだけのことである。

とくに、今日のように検査の資料だけで診断するということになると、往年のように、症状を聞き、あるいは体を診て、病気の見当をつけていくなどということはできなくなるであろう。それはそれでいいのだが、あまりそれに偏ると、思わぬ過《あやま》ちが出てくる可能性も充分考えられる。

三　ヨーガの里

翌朝、カリアッパ師と二人の侍者、そして中村三郎を新たに加えた一行四人は、ナイルの河岸に繋留されていたヨットに乗り込んだ。インドの大名《マハラジヤ》が、師のために用立ててくれたもので、師はこのヨットでロンドンまでの長旅をしてきたところであった。

ヨットは、途中の港々に、一泊、二泊と仮泊を重ねては、また船旅をつづけていった。広い洋上には出ず、陸岸に沿ってのゆったりとした旅であった。

そして、カラチに入港すると、そこで一行はヨットを降り、今度はラクダの曳舟《ひきぶね》に乗り、河をさかのぼって行った。十数頭ものラクダが綱をつけて小さな舟を引いて行くのである。それもいく日か、次はラクダの背に乗って広大なヒンダスタン平野を東へ東へと旅をつづけたのであった。

もちろん急ぐ旅ではない。しかし、船旅の間はともかく、この陸路を行く旅は、三郎にとっては大変厳しい旅となった。カリアッパ師も、三郎の体をおもんぱかり、その旅程をゆるめてはいたものの、それでも三郎の体にはこたえた。

終日、遠慮会釈なく強烈な太陽は照りつける。そうした中でラクダの背に揺られて行くのも大きな苦痛がともなう。いずれも三郎の体力からすれば、限界を遙かに超えたものであることは確かであった。

その肉体の苦痛もさることながら、驚くべきは、むしろ、それに耐えた強靱な心の方にあったと言うべきで、たとえ頑健な体であっても、まったくの見知らぬ異国を、ただ一人旅をするというのは、まことに心細いものである。

まして病身とあらば、体の方より先に心の方がその孤独な状況に耐えかねてしまうし、先行きの不安と惨めな自分の命運に、打ちのめされてしまうのが普通である。

しかし、その長く辛い旅もようやく終わりをつげた。エジプトのカイロから九十余日という月日を費やしてやっとたどり着いたところが、ヒマラヤの遥か東端、カンチェンジュンガの麓《ふもと》だったのである。

だが三郎は、そこがヒマラヤの麓であるということはまったく知らなかった。旅の途中にも、三郎は、

「どこへ行くのですか?」

という質問を、カリアッパ師に一度もしたことがなかったのである。と言うのは、

〈どうせ西も東も分からぬ辺境の地、地名なんぞ聞いてみたところで仕方がない〉

そう思っていたからである。実際、聞きなれぬ外国語の地名などは、一度や二度聞かされたと

ころですぐ忘れてしまうし、また、憶えてもあまり意味をなさない。

それでも、三郎は、それなりに
〈ペルシャの奥地あたりかしら？〉

と、思ったりしていた。しかし、そこがヒマラヤ山麓であるなどとは、夢にも思わなかったのである。

ここがどこであろうが、そんなことは三郎にとってはどうでもよかった。それより、カリアッパ師は、いったい自分に何を教えてくれようというのか、そして、自分の命がどこまで保《も》ってくれるのか、心の中はこの二つの事柄だけで占められていた。


中村三郎が、病の身をおして、エジプトのカイロから三カ月の苦しい旅をつづけた末、やっと着いたところ、それがこのヒマラヤの高峰、カンチェンジュンガの麓だったのである。

そして、一行がカリアッパ師の修行地《アシュラム》に入ろうとした時、カリアッパ師は三郎を呼んでこう言ったのである。

「今までは、私とお前は友人として話をすることができた。しかしな、これからはそうはいかないのだ」

「…………」

「私の方から、声をかけぬかぎり、お前の方から、私に口をきいてはいけないよ」

怪訝《けげん》な面持ちで、三郎はカリアッパ師をみた。しかし、どうも逆らえそうもない。やむなく三郎は、

「はい」

と答えた。

「それとな、これも、お前の経験にはないことだろうが、皆がするように、たとえ遠くからでも、私の姿を見たら、必ずひれ伏すようにしなさい」

たいそう時代がかっているな、と三郎は思ったが、これもその土地の掟《おきて》に従う以外あるまい。旅の間にも、二人の侍者が師に接する態度を見て、きわめて前時代的なものを感じとってはいたのだが、それにしても、遠くからでもひれ伏さなければならぬというのは、意外であった。徳川時代に自分が逆もどりしたような気分になったが、郷に入れば郷に従えである。やむなくこれも、

「はい」

と、答えた。

しかし、礼の方はともかくとして、口をきいてはならぬというのは気になった。何しろ、頼りとしているのはカリアッパ師だけで、第一、ほかの人では言葉も通じない。侍者たちの話は、何語であるのかさえ、三郎には分からなかったのである。

三郎は言い知れぬ不安と心細さを感じた。体の具合いでも悪くなったら、いったいどうすればよいのか。まず、そのことが浮かんだ。そんな三郎の心を察してか、師は、

「その代わりな、お前の面倒をみてくれる人間を一人つけてやろう」

と言い、すでに村人の知らせでもあったのか、出迎えに来ていた人々の方を振り返って、中から一人の老爺を招いたのである。

「この男だ。英語も少しだが話せる。お前のよき相談相手となってくれるだろう。困ったことがあれば、何でもこの男に言いなさい。力になってくれるから、いいね」

そう言うと、師は皆をうながし、再びロバの背に跨《またが》り、間近に迫った修行地《アシュラム》へと向かったのである。いよいよ長かった旅も、ここにようやく終わろうとしていた。

三郎もそれを実感していた。いつ果てるともなき地獄の日々であったが、それが今終わろうとしているのだ。よくまあここまで保ったものだ、その昔は鍛え抜いた強靱な体であっただけに、その余力がいまだ残っていた。三郎は、そのことにこれほどありがたみを感じたことはなかったのである。


そこは、嶮しい岩山を背にした、谷あいの小さな部落であった。草葺《ふ》きの屋根が一つ、すぐ三郎の目にとまった。日本の農家を想わせるその造りに、限りない懐かしさを覚えたのであったが、それだけ欧米での滞在が長かったし、病のため、里心が強くなっていたこともあって、ひとしおその感を深めていたのである。

そして、その周囲には、高床式の、いかにも南国的な小屋がいくつか並び、その前は、ほどよく草が生えていて、いい広場となっていた。カリアッパ師の聚落と聞いてはいたのだが、見るところ、まことにささやかな部落のようである。

これならカリアッパ師と日に何度でも顔を合わせることになるだろうし、さして案ずることもないかもしれぬ、と三郎はほっとしたのである。そして、さらに歩を進めるにしたがい、三郎は思わず目を瞠《みは》った。

前を行く人々の背と、小径にまで覆いかぶさっていた小枝や高い草にさえぎられ、三郎の視界に入らなかったのだが、左手の一段低くなった部落の入口には、部落の人々が、皆一様に大地に両手を投じ、恭《うやうや》しくひれ伏していたのである。

それは、異様とも壮観とも、何とも形容のできぬ光景であった。疲れ果て、顔を上げる気にもならなかった三郎も、茫然となってそれに見入るのであった。カリアッパというこの老人が、いかに偉い人なのか、それを自分に改めて教えている、そんな思いでもあった。

しかし、それにしても、これらの人々はいったいどこから集まって来たのであろうか。周囲は深い森に覆われているし、この小さな部落にこれだけの人が住めるとは思えぬ。カリアッパ師の帰国ということで遠くからやって来たのであろうか。

だが、どうもそうした感じでもなかった。その謎もやがては解けるのだが、今はただこの光景に圧倒されるばかりだったのである。

そのうち三郎は、ひれ伏している人々の、一人一人に目をくれるだけの余裕を持つようになった。彼らは、裸身に縞模様の入った短い腰布という、出迎えの人々と同じ姿であったが、その中に混じって、ふくよかな女の尻が高く突き出されているのに気づき、三郎は思わず目を疑うのであった。

ひれ伏しているが故に、その見事な曲線はいっそう目を惹くのであったが、その雰囲気が、厳粛なものであるだけに、これまた異様さが先に立つ。三郎は、自分が遠い不思議の国へでも来てしまったような、そんな錯覚すら覚えるのであった。

しかし、これはすぐ分かったことだが、女たちは、もちろん丸裸ではなく、立ってみれば、その前に申し訳程度ではあるが、小さな布を下げていたのである。だがそれでも、背後や横からすれば、何も着けていないのと同じようなものであった。

この地方も、今日ではシャツやズボン姿もちらほらと見られるし、その他日常生活でも、文明の風が少しずつではあるが入り込んでいる。しかし、八十年前ともなれば、太古そのままの暮らしが当然だったのである。日本だって、その頃の田舎ではほとんど裸足で歩きまわっていたし、九十九里の浜辺では、漁師が素裸で漁をしていたのである。

真ん中にある少し大きめの建物は、この部落の人々の集会所とも言うべきものであった。草葺きのその家にカリアッパ師が入って行くと、何人かの男がそれにつづいた。おそらく帰着の挨拶でもあるのであろう。そう思いながら三郎は木蔭に腰を下ろし、待つことにした。

三郎の肉体は、限界を遥かに越した状況にあった。三カ月にもわたる長い旅に耐えただけでも不思議なくらいであったが、体とともに心の方も疲れきっていた。何を考えるという気力も湧かず、ただもう朦朧《もうろう》とした頭で師を待っていた。

小一時間もたったか、やがてその集いも終わったのであろう、人々は建物から出て来たが、カリアッパ師の姿は見られなかった。しかし、その中の一人が、三郎のいる方へと向かって歩いて来る。

先ほど、部落へ入る手前で師から紹介された、あの老爺であった。彼は三郎のところまで来ると、

「さあ、行こうか」

と言い、再び広場の方へ引き返して行く。はや、師と接触することの制限が始まったか、と三郎は心細い思いであったが、やむなく老爺の後を追うべく重い腰を上げた。

広場の中ほどには、巨大な菩提樹が一本、まるで大きな傘でも広げたかのように、太い枝を四方へ存分に伸ばしている。そして、その先々に鬱蒼とした葉を繁らせているのであった。中心の幹もいく抱えもあり、その黒々とした肌は、いかにも樹齢の古さを物語っていた。

広場をゆっくりと突っきった老爺は、その片隅にある小屋の前に立った。羊小屋だったのである。

「ここが、今日からお前の塒《ねぐら》になるところだ」

老爺は重そうに木の扉を開けた。中は薄暗くて何も見えなかったが、三郎も老爺の後につづい

て入ってみた。干し草の匂いが鼻をつく。目が馴れてくると、片隅に積み上げられた草やら、羊が寝た跡らしい凹みのついた敷き草などが、薄暗い中から浮き上がってくる。

〈こんなところで、寝ろと言うのか……?〉

と三郎は、少々不満ではあったが、この部落としてはやむをえないのかもしれぬ、と思い返したりする。実際、後でこれも分かったことだが、これでもこの部落にしてはむしろ破格の待遇だったのである。

「すぐ来るから、ここで待っていろよ」

と言いおくと、老爺は出て行ったが、すぐもどって来て、

「ああ、そうだ、裸になってな、これを腰に巻け」

と、青い縞模様の布を三郎に渡した。三郎は、靴を脱ぎ、シャツやズボンをとると、丸裸になって腰布を巻いた。文明の世ともこれで当分お別れだな、三郎はそんな思いであった。老爺も、それでいい、というかのごとくうなずくと、三郎を誘って外へ出た。

そして、木蔭に腰を下ろすと、手にしていた布袋の中から、無花果《いちじく》の葉に包んだものをいくつか取り出した。脇に坐った三郎は、

〈何だろう……?〉

と、興味をそそられたが、老爺はそれを三郎の前に置いて、

「食べろ」

と、言った。開いてみると、細かく切り刻んだ大根や人参、そして芋らしいものが茹《ゆ》でてあるのだ。三郎は何とも言えぬ懐かしさを覚えた。長い欧米の生活には、大根や芋という食べ物はなかったからである。

しかし、懐かしさは覚えても食欲は湧かなかった。それでも、何か食べなければいっそう体を弱らせるだけだ、と思い返し、その一つを手に取って、そっと口に入れた。ほどよい塩味がついていて、口あたりがまろやかであった。

もう一つの包みを開けてみると、これは野菜ではなかった。何だろう、と三郎は、その小さな粒を指でつまんでみた。粟《あわ》ではない。少々大きめに見えるが、それは水気を含んでいるためで、よく見ると、どうも稗《ひえ》らしい。

どうして食べるのか、と思っていると、隣りの老爺は、真鍮《しんちゅう》の小さな壺のようなものを二つ取り出し、その中へ、抱えて来た素焼の壺から水を注ぎ、さらにその稗をさっと入れたのである。そして、指で上手に稗と水をほどよく掬《すく》い上げ、美味そうに食べていった。

〈生のまま、稗を食べるのか……〉

と、三郎は驚いたが、老爺は、三郎の方へも真鍮の壺を一つ渡し、手で食べろという仕草をした。

三郎は、日本でも稗飯を食べているということは聞いていたのだが、それは農村のことであって、都会育ちの三郎は、鳥の餌としては見たことがあるものの、実際に食べたことはなかった。

まして、それを生のまま食べるなど、およそ考えられぬことであった。

「夕飯というのは、これだけ？」

「そうだ」

相変わらず笑顔を絶やさぬ老爺は、不審げな三郎の顔を見ると、こうつけ加えた。

「ほかにも、とうもろこしとか、じゃが芋など、いろいろあるけどな、今日はこれだけだ。でもな、バナナやマンゴーなら、ほら、あそこになっているだろう、欲しければいくらでも取って食べろ」

と、広場の東にある森の方を目で指した。別にもっと食べたくて聞いたのではない。三郎は、野菜だけを食べ終えると、真鍮の器をそっと老爺の方へ返した。

「食べないのか？」

黙って三郎は首を横に振った。いかに水にふやけていて柔らかいとは言え、生の稗なんぞ食べられるものか、そう言いたかった。いつもこんな物ばかり食べさせられるのか、と三郎は不安になって、食べ物のことをあれこれと老爺に聞いたのであった。

老爺は、ぼそぼそと寸足らずの英語でいろいろと答えてくれたが、それによると、朝は、修行がひととおり終わってからであるから、もう昼近くになってしまうが、そこで朝食としてこれと同じような物が出される。そして、日が傾く頃夕食で、内容は同じようなものだ、と言うのである。

「肉や魚は、食べないのか?」

という問いに対しては、そんなものは人間の食べるものではない、と軽く一蹴された。しかし、山野に実っている果物は、いつでも好きなだけ食べられる、と言うのである。

三郎は、大きな不安を掻きたてられた。ここの人間は、生まれ落ちた時からこうした食べ物で育ってきているから、それでもすむだろうが、しかし、自分にはそんな非文化的な食事は通用しない。丈夫な時ならともかく、今の自分には栄養というものが必要なのだ。

とにかく、自分だけは別な食べ物にしてもらわなければ命が保たぬ。せっかくこんな山奥まで、辛い旅をしのんでたどり着いたというのに、食べ物なんかで命を縮められてたまるものか。

老爺に言っても、それは無理であろう。カリアッパ師に直接頼む以外ない、と三郎は心に決めた。

辺りは次第に黄昏《たそがれ》近くになっていたが、三郎にはそれが自分の命運を象徴しているかのごとく思えて、暗澹《あんたん》たる気分になるのであった。

しかし、幸いなことには、すぐ翌朝、カリアッパ師が、三郎の寝場所である羊小屋の前を通りかかり、ひれ伏す三郎に声をかけてくれたのである。

「どうだ、昨夜はよく眠れたかな?」

「はい、疲れきっていましたから」

「そうか、それはよかった。それなら朝の気分もいいだろう」

「いえ、どうにか保っている、という感じですから、気分がいいなどというところまでゆきません。熱もありますし、息切れもひどくて参ります」

ひれ伏す顔を半ば上げながら、三郎はそっと師の顔をうかがった。だが、師は無表情に三郎を見下ろしているだけであった。病に対する同情の言葉は、いつもながら返ってこないのであった。

「それより、お願いがあります」

「何だね？」

「実は、食べ物のことなんですが、ここでは野菜とか稗を主に食べているようですが、それでは私の体は保ちません」

「ほう……それはまたどうしてかね？」

「別に、贅沢やわがままで言っているのではありません。この病には栄養が必要なのです。ですから今までは……」

と三郎は、食事にはずいぶんと配慮してきたのだと、こと細かに申し述べたのであった。

これは、何も三郎だけの考えではなかった。結核に対する決定的治療法を欠く当時としては、せめて栄養だけはできるかぎり摂取して体力をつけよう、というのが基本的な考えとなっていた。そして、海岸や山地のよい空気を吸い、安静にしている。それ以外手だてはまったくなかったのである。

三郎も、医師のすすめに従って、肉や魚は厭でも食べた。それと、卵や牛乳など、およそ栄養価の高いと言われる物なら何でも食べた。と言うより、食べさせられた、と言った方がよい。医師も、周囲の者も、そうしなければいけない、と言うし、また自分でも、それが最善の治療法である、と信じて疑わなかったからである。

だからこそ、無理にでも食べたのである。実際、弱りきった体にとっては、脂の多い肉や魚というようなものは、喉を通りにくい。見るのさえ厭になることもあった。そんな時でも、周囲の者は、治りたかったら食べろ、と言う。自分でもそのとおりなのだと思うものの、時にはかなりの苦痛をともなったものであった。

したがって、ここのように淡白な食べ物は、本来なら歓迎するところなのだが、厭な物ながら、いざ、その栄養源を断たれるとなると、命の綱を断ち切られるのと同じであるから、とても承服できるものではない。

また、病を治すため、というのもさることながら、痩せ細ったおのれの体を見て、もうこれ以上は痩せられぬ、という思いが先に立つ。何しろ、十六貫あった体が、今では十貫そこそこに落ち込んでいたのである。

十貫というと、貫はほぼ四キロであるから四十キロだが、三郎は五尺二寸足らずの背丈であるから、そう大きくはないが、やはり骨と皮ばかりという状態であることは間違いない。

「気づいていたと思うが、旅の間の三カ月というもの、私は、お前の食事を少しずつ変えてきたつもりなのだ」

カリアッパ師は、旅の時を想い出すようにして言った。

ああ、そうであったか、と、次第に肉や魚が少なくなってきたことを、三郎も想い出したのである。そして、ついには二日も三日もパンと野菜ばかりということさえあった。三郎はそれを、旅の間のこと故、思うように食べ物の調達ができぬのであろう、と推測していたのである。もっとも、カリアッパ師とは食事は別であるし、師が何を食べているかは知らなかった。

「そうですか、どういうお考えかは分かりませんが、私の体には肉や魚がどうしても必要なのです。ほんの少しずつでいいのですが。でないと……」

と三郎は、何としても師にそれらを調達してもらいたいと必死になって訴えた。結核患者にとって、いかに動物性蛋白が重要な意味を持っているかを切々と説いていった。師は黙って聞いていたが、三郎の言葉が切れると、それらをいっさい無視した表情で、

「あれを、見てごらん」

と、広場の中ほどを指した。

「あの象は、いったい何を食べていると思う?」

「………?」

「藁《わら》だ。それも、ほとんど根のところだ。そして、それがなくなると、今度は人間の食べ残した野菜の屑《くず》などを食べている。それでもいっこうに痩せもしないし、力も落ちない。あれとお前とどっちが大きい」

これほど大事な話をしているというのに、冗談めいた話をする師は、いったい何を考えているのだろう。つかみどころがない、というのが師の特徴ではあるのだが、話をはぐらかされているようで、三郎はいらいらしていた。

「何だ。あの尻尾ほどの重さもないくせに」

「象と人間とでは違います」

三郎の返した言葉には、かつてない嶮しさがあった。恩義ある人とは思いながらも、せいいっぱいの反撥を試みたのである。するとカリアッパ師は、

「まだ分からないのか、生きている状態は人間も象も同じなのだ。お前がどう言おうと、とにかく、ここにはそういう食べ物はない。第一、そういう物を食べているから、ここの人間は皆丈夫で長生きできるのだ」

そうきっぱりと言いきると、師はくるりと背を向け、足早に去って行った。その場に残された三郎は、言いようのない絶望的な気分に追いやられた。

しかし、象も人間も生きている状態は同じ、という師の言葉はけっして嘘ではなかった。また、冗談でもなかった。だが三郎は、これらを大きなうなずきをもって迎えるには、かなりの時が必要だったのである。

四　生いたち

微《かす》かなもの音に、三郎はふっと目覚めた。まどろみは浅い。寝たと思うと、すぐ目が覚める。だから、いくら寝ても熟睡の心地よさなど少しも味わえないのであった。微熱のせいもあるのだが、昼間もほとんど体を動かすこともないし、心の方も常に暗い。

脇を見ると、はや羊が起き上がり、足でしきりに干し草を掻いている。羊小屋は、丸太を組み上げたものであったが、そのわずかな隙間から仄《ほの》かな光が射し込めていた。夜が明けたようである。戸を開けて羊を外へ出してやらねばならないのだが、三郎は身を起こす気にさえなれなかった。

頭は痛いし、それに目覚めたばかりと言うのに、体全体に重い疲労感がのしかかっているのであった。羊の歩きまわる音が繁くなり、やむなく三郎は、身を起こし、戸を開けてやった。さっと、朝の涼風が身を包む。山あいの奥深くであるから、陽ののぼる前などは、ひとしお辺りは冷ややかで、まこと心地よいものであったが、暗い気分に閉ざされた三郎の心には、少しも爽やかに感じられない。

遠く人の足音が聞こえてくる。また横になった三郎は、それをぼんやりと耳にしていた。部落の人々は、夜が明ければ行を始め、陽が落ち夜になれば寝る。行のない女や奴隷たちは、終日農耕にいそしむ。彼らのしている行なるものが、どのような意味を持っているのか、三郎はまったく分からない。また、興味もなかった。

しかし、行をする者も、また畑で働く者も、とにかく誰もが皆、一様に嬉々としている。不思議なほど、いや三郎にとっては忌々《いまいま》しいほどであった。そういう彼らにとっては、この夜明けは、希望を告げるものであるかもしれないが、病み衰えた肉体を抱え、息苦しさや、熱からくる気だるさに悩む三郎にとっては、夜明けなど暑さの始まりを告げる厭なものでしかなかった。

もちろん、それは旅の疲れなどというなまやさしいものではなかった。明らかに病からくるものであり、また病み衰えた肉体に、限界を超えた負担がかかったことによる歪《ひず》みでもあった。しかし、この肉体的苦痛には、三郎は馴れていることもあったが、決定的な負担とは感じられなかった。

体の方は所詮助かるまい、という一種の諦めがあったこともあるが、体そのものより、三郎を苦しめたのは、死への恐怖であり、それから解放され、死を恐れることなく、その瞬間まで、心安らかに生きていきたい、これが三郎の切なる願いであった。

ところが、これがなかなかもって得られなかったのである。だが、不思議にカリアッパ師のそばにいると安らぎがあった。別に死への恐怖が解消したわけではないが、少なくとも、そのとらわれから遠ざかっている自分を見出すのであった。

ところが、ここへ着いてすでに一カ月の余もたつと言うのに、そのカリアッパ師は、三郎に声一つかけてくれないのである。師は、エジプトのカイロで、

「何も急いで、自分の墓穴を掘りに行くことはない。大事なことに気づいていないだけなのだから、それに気づけば助かる。私がそれを教えてあげよう」

と、言ってくれた。だからこそ、地の果てのような、こんな山奥にまでついて来たのである。

あの溢れるごとき真情に打たれ、またその言葉に一縷《いちる》の希望を託したればこそ、こんな危険を冒《おか》してまでこの道を選んだのである。だから、着いたらもちろんのこと、それらを教えてくれるものとばかり思い込んでいた。ま、五日や十日は、長い間留守したことでもあり、相手をしてもらえぬとしても、これはやむをえない。

しかし、一カ月もたって声すらかけてくれないというのは、いったいどういうことなのだろうか。カリアッパ師の姿は、毎日、一度や二度は必ず見かけるのである。それはそうであろう、このような小さな聚落の中であるから、昼は山中の行を見てまわるとの由だが、朝夕はつい目と鼻の先の住まいにいるのである。

時には、三郎のすぐ前を通って行くことさえある。しかし、大地に両手を投じ、深くひれ伏している三郎には、師が自分を見てくれているのか、どのような表情をしているのか、まったくう

かがい知れぬ。

毎日毎日、三郎は待った。師が何か言ってくれるのをじっと待っていた。待ちこがれていたのである。遠く行く、師の足音を聞きながらも、それが自分の方へ向かってくれはしないか、と念じた。また近くを通る時などは、声をかけてくれるのではないか、立ち止まってくれはしないかと、心は早鐘のように躍った。

しかし、そのたびに期待は無に帰し、やがて遠ざかって行く足音を空《むな》しく聞いているのであった。そして、五体投地から身を起こすと、改めて深い失望感に打ちひしがれる。旅の間は、辛く苦しい日々ではあったが、常に優しいカリアッパ師の言葉がそれを支えてくれた。あの親愛さはいったいどこへいってしまったのであろうか。

せめて一言、いつから教えてあげよう、くらいのことは、あっても然るべきだ。まるで別人のような師に対し、三郎は恨《うら》めしくさえ思えた。さりとて、三郎の方からそれを尋ねるわけにもいかない。それどころか、頭を上げ師の顔を見ることさえ許されないのである。

ここでは、カリアッパ師は絶対的な存在であり、誰もがそうしているのだから、それに背くこともできない。体の方は、いつも息苦しいし、熱のため動くのもしんどい。その上、死への恐怖からか、心はいつも穏やかならず、暗雲に閉ざされたように気が重い。そこへさらに、頼みの師からは放置されたままというこの不安、三郎は、どうにもならぬ苦悩の複合に、すっかり虐《しいた》げられ、はや、ものを言う気力さえ失っていた。

なぜ、こうも自分だけが不幸であるのか、どうしてこう次から次へと惨めな思いをしなければならないのか、三郎は心の底から天を恨んだ。時折り見かける女や子供が楽しげに語っているのを見ただけでも、三郎は腹がたった。すべての人を蹴とばしてやりたかった。

中村三郎、明治九年七月生まれ、現在存命とすれば百十一歳ということになるが、昭和四十三年、九十二歳でこの世を去っている。

生まれたのは、東京府の豊島郡王子村で、今の王子駅のすぐそばになる。父は、中村祐興。旧柳川藩士で、三郎の生まれた頃は、大蔵省に勤めており、当時の紙幣寮、今の印刷局だが、その初代抄紙局長であった。紙幣用の紙を造るところである。

明治初年の王子と言えば、今日の繁華街王子からは想像もできないのだが、当時はまったくの農村地域であった。

一面に広がる田圃、そしてその向こうには、東は秩父の連山、北は男体山、その間に見える浅間山と、関東の平野を囲む山々が一望できるほどであった。

と言うのも、これは当時の錦絵を見てのことで、桜の名所として知られる飛鳥《あすか》山を中心とし、その下に立ち並ぶ二つの洋風建築が、当時としてはよほど珍しかったのであろう。東京新名所として、その錦絵が売り出されたのである。

その煉瓦造りの建物は、一つは大蔵省の抄紙工場であり、またもう一つは渋沢栄一の建てた抄紙会社であった。今の王子製紙である。日本で初めての洋紙製造がここで始まったのである。

三郎の一家が住んでいたのは、その工場のすぐ近くにある大蔵省の官舎だったが、その官舎には、英国から招かれた英国人技師が住んでいて、これも当時としては珍しい存在であった。碧い目の異人さんと、幼い三郎はすっかり仲よしとなる。

三郎が英語に堪能であったことが、ここから始まるのだが、それがまた、三郎の人生には大きな影響を与えている。もっとも、これも今日のように、英語の看板が街中に溢れているような時代ともなると、あまり理解できぬかもしれないが。

こうして、三郎の生まれた明治初年というのは、文明開化の幕あけであり、さらにそれが鹿鳴館時代へと入っていくのであった。

三郎の一家は、その後本郷へと移り住むことになるが、小学校へ入る頃から、それが生来の生地であったのか、三郎は次第に腕白さを増していく。そしてその傾向は年とともにつのり、五年、六年生の頃ともなると、もう手のつけられぬ暴れん坊になっていた。

喧嘩などは日常茶飯事、鼻血を出させるくらいは当たり前で、時には指をへし折ったりするほどの凶暴さであった。気の毒なのは母親で、いつも近所を謝って歩く仕儀となるが、お蔭で三郎は、生涯母親だけには頭が上がらぬことになる。

しかも、父親の祐興は、楮《こうぞ》や三椏《みつまた》という、紙幣用紙の原料となる木の栽培などに関係していることもあって、ほとんど家にはいない。そこで、こんな暴れん坊は母親一人の手には負いかねようということで、父親の郷里福岡の知人宅へと預けられることになる。

家族と離れ、ひとり福岡で暮らすことになった三郎は、市内にある福岡県立尋常中学修猷《しゅうゆう》館へ通うことになった。今日の修猷館高校である。しかし、三郎の言動は相も変わらず粗暴であったが、それでも、とにかく学校へ行き、一年、二年と、何とか過ぎていったのである。

ところが、やがて四年になろうという春休みに、とうとう、ある決定的な事件を引き起こしてしまう。

それは、柔道試合の遺恨から刃傷事件を起こしてしまうのだが、正当防衛ということで警察の方は決着をみたが、学校は退学処分となってしまったのである。ここから、日露戦争へ行くまでの、長い三郎の浪人生活が始まる。

そして、明治三十九年の春、日露の戦が終わり、三郎も日本へ帰って来たのだが、ここで三郎は思いもかけぬ出来事に見舞われる。それは急激な肺結核の発病であった。戦場での苛酷な消耗と、生き残ったという安堵感からくる心の隙が、病を生んだのである。

一時は死を覚悟せねばならぬほどに追い込まれながらも、三郎の強靱な肉体はそれに耐え、何とか乗りきれたのであったが、心の中には、死への恐怖と、人生そのものへの懐疑という、深い傷痕を残した。それを癒やすべく、三郎は米国へと旅立った。

そして、スエッド・マーデン、カーリントンなど、次々と高名な学者に会い、教えを乞うたのだが、いずれも得るところまったくなしであった。そんな折り、失意に沈む三郎を励ましてくれたのが、若手の外交官として米国に在った旧知の友、芳沢謙吉であった。結局三郎は彼のすすめるままコロンビア大学の医学部へと入ったのである。そして、短期修得の過程を終えると、三郎はさらに英国へと渡った。医学はともかく、心の中に大きくあけられた傷痕は、少しも癒やされていなかったからである。

だが、その英国も、結果は同じで、さらに三郎はフランスへと流浪の旅をつづけたのであった。ところが、この頃から三郎の体は、再び悪化の兆《きざ》しを見せ始めていたのである。三郎は、すべてを諦め、日本へ帰る決意をした。

陽は次第に高くなり、時折り往き来する女たちが賑やかな談笑をふりまいていく。ほとんどがレプチャ語であるから、三郎には何のことやらさっぱり分からない。ただ、女たちの楽しげな語らいはいずこの国でも同じとみえる。また、蟬が小屋のすぐ近くで激しく鳴きたてる。うるさいなあ、と思いながらも、三郎は、うとうとと夢の中を彷徨《さまよ》っていた。疲れ果てた頭を象徴するように、夢もまた、目まぐるしく変わっていく。それが目覚めをいっそう不快なものにしていくのであった。

「朝飯を持って来たぞ」

老爺の声である。外へ出て食べないかと、さらに老爺は誘うのだが、三郎は起きる気にもならない。

そこへ置いといてくれ、後で食べたくなったら食べる、と三郎は答え、再び目を閉じてしまう。所詮、食欲などは湧かない。もう少し、ましな食べ物でもあったら、と三郎はぼんやりとした頭で思った。

しかし人間というものは、本当に空腹であれば、たとえどのような物でも食べられるし、また食べたくなるものである、美味い、まずいなどと言っているうちは、本当に腹がへっているとは言えない。三郎も、仕方なしにではあっても、結局はその道をたどることになるのであった。

また、三郎の案じた栄養ということに関しても、これまた、ここのような食べ物がもっとも理想的なのだと合点がゆくのであった。それは、自身の肉体の回復という事実が、教えてくれるのであった。

だが、それは後のこと、三郎にとっては耐えがたい不安の日々がつづいた。さすがに、旅の疲れだけは十日ほどでとれてはいたが、胸の病からくる微熱や気だるさなどは相変わらず三郎を悩ましつづけた。

だが、体の不快感は、馴れてもいるし、また、我慢のしようもある。耐えがたいのは不安感であった。

見知らぬ土地への一人旅などというのは誰だって心細いものである。まして、遠い異国の辺境地とあればよりいっそうのことである。日本へ帰りたいと思っても、どこをどう帰ってよいのやら皆目見当もつかない。また港までたどり着いたとしても、日本までは船で一カ月やそこらはかかるのである。

気の弱い人間なら、初めからそのような処へは行く気も起きぬだろうが、かりに連れて行かれたとしたら、それだけで精神的に参ってしまう。

その上三郎は、結核という病を背負っているのである。よほど強靭な神経の持ち主でなければ、とうてい耐えられるものではなかった。ただ幸いにも、三郎は長い戦場での孤独な戦いを経験している。もう駄目だ、と思うような土壇場を何度も味わっているのである。それが心の奥底で三郎を大きく支えてくれていたのである。


孤独な、切ない一カ月が過ぎ、やがて二カ月にもなろうとしていた。

一日のほとんどを、羊小屋で寝て暮らすような味気ない日々であったが、その間とうとうカリアッパ師は、三郎に声一つかけてくれなかったのである。

相手をしてくれるのは、老爺だけであった。その老爺は、朝と夕方に決まって食べる物を持って来てくれる。本来なら自分で、共同の炊事場とも言うべきところへ、取りに行かねばならないのだが、老爺は、

「どうせ、暇だからな」

と言って、持って来てくれるのである。そして、その都度、何がしかの話をしてくれる。一緒に食べながら、あるいはその後も、寂しそうな三郎を慰めるかのように、部落のことなどを話し

てくれるのであった。

三郎は、そんな時に、カリアッパ師のことを聞いた。師はカイロで、大事なことを教えてやるからついて来なさい、と言われたんだが、いつになったら教えてくれるのだろう、こっちから声をかけてはいけないと言われているから、じっと我慢して待っているのだが……そう三郎が言うと、

「いや、心配することはない。待っていればいいのだ」

と老爺は、いとも気軽にそう答えるだけであった。

三郎もそう思いたかった。そう思い込もうとした。いや、もうその努力は今までに散々繰り返されてきたのである。

そのうち、ふっと気づいたことは、自分と彼らとは、時というものに対する観念が違うということであった。時計などというものは、彼らは見たこともない。老爺は以前一度見たことがあると言っていたが、それでも珍しそうに三郎の時計を眺めていた。

一分二分はおろか、一時間、二時間などという時の単位さえ彼らは有していない。朝があって昼がある。そして夕方が過ぎればその日は終わって寝る。

しばらく、という言葉は使うが、それがどの程度の時を意味するのか気にしようともしない。だから、待っていろと言われればいつまでも待っている。そこへ坐って、何時間でもじっと待っているのである。

第一、彼らは、自分の年齢すらよくは知らないのである。老爺とて、

「俺か、もう八十くらいにはなると思うよ」

という調子で、とても三郎の理解しうるところではなかった。

〈まったく原始人だなあ、奴らは〉

と、三郎の心にまた軽蔑の気が動く。それは、食べ物に対しても、彼らのさまざまな行動を見るにつけ、いつも三郎の心の中に湧いてくるものであった。

しかし、一見野蛮と思えるようなこれらのことも、後になって三郎が思わされたのは、どれもが皆、実に理に適っている、ということであった。現在に生きる彼らには、時の経過などさしたる問題ではなかった。

三郎は、思いきってカリアッパ師に聞いてみようか、と思った。

「いつ教えてくれるのですか？」

と。

しかし、部落の中には、超人的なのどかさがあるかと思うと、反面、またきわめて厳正な掟というものが存在する。師が声をかけてくれないかぎり、口をきいてはならない、という決まりを破れば、どのような制裁を受けるか分からない。とにかく、誰もが皆、師が通れば、大地に両手と両膝をついてひれ伏して見送るのであるから。

こうしたカリアッパ師の絶対的な地位というのは、たんに修行上の師弟関係というのみでなく、

インドやネパールなどの国には、厳重な階級制《カースト》というものがあったからである。

この階級制は、アーリア人がインドへ進入し、その全土を支配して以来のもので、長い歴史を有するだけに、完全なまでに社会に定着していたのである。すなわち、司祭者《ブラミン》、武士《クシャトリア》という少数の人々が、庶民《ヴァイシャ》と奴隷《スードラ》という大多数の民衆を支配しているのである。

そして、さらにその下には、不可触民《アンタッチャブル》という、文字どおり触るのも汚らわしいとされる人々がいて、なまじ人間である彼らよりは、神の使徒とされている牛の方がよほど優遇されている。牛は殺せば罰を受けるが、彼らなら殺されてもそのままということになりかねないという、まことに非情な慣習であった。

戦後、インドも独立し、この階級制も改められたとは言うものの、実際には、まだまだ色濃く残っており、それがインドの近代化を阻む一つの因ともなっている。

まして、八十年近い前のこと、このヨーガの里に厳重な階級制《カースト》が存在したのは、むしろ当然のことであった。カリアッパ師を含めた数人が司祭者《ブラミン》であり、師はさらにヨギとしても最高位の大聖者なのだから、その威はまさに絶対的なものであった。

一方、三郎はと言えば、何と身分は最下位の奴隷《スードラ》だったのである。もちろん三郎自身は、そんなこととは露知らず、単純に慣習としか思っていない。しかし、三郎を奴隷としたことにもカリアッパ師の深い配慮があったのである。

と言うのは、ヨーガの里においては、ヨギの子でなければ原則としてヨギにはなれないという、一つの世襲制社会だったからである。結局、部外者は入れないということになってしまうのだが、これも階級制と一体になった習慣で、一般の地域でもそうだが、階級によってほぼ職業が決められてくるから、どうしても親の職を継ぐ以外に生きる道はなくなってしまうのである。

そして、その階級制も、四つだけならともかく、実際にはさらに複雑な細分化があって、卑しい革すき職人の子はやはり革すき職人にしかなれない。それ以下の職にはつきたくないからどうしてもそうなる。結局は、職業そのものが社会で階級となってくるのだが、日本でも、武士の子は武士であったし、大名の子は大名であったように、封建制の社会ではどうしても世襲制になってしまうのである。

そうすれば、自然、将軍の地位も徳川の世も安定してくるというように、統治者にとってはまことに都合がよいのがこうした封建制度である。それだけに下の者は泣かされることになるのだが、三郎の場合はむしろこれが望外の幸せとなったのである。

それは、師の奴隷という名目であるから、ヨーガの里にも入れたし、またいつも師のそばにつき従い、直接師から教えを受けることもできたからである。でなければ、さまざまな厳しい掟が支配するこの部落のことであるから、カリアッパ師とてそこまで三郎の面倒をみることはできなかったかもしれない。

だが、そうした幸せを味わえるのはずっと後のことで、いずれにしても、大聖者カリアッパ師に対し、その奴隷たる三郎が、口をきくのはもちろん、面《おもて》を上げてもいけない、というのは、部落の人々からすれば、これはもう当たり前すぎるほど当たり前のことだったのである。

しかし、それらの事情をまったく知らされていない三郎にとっては、不満と不安が極度につのるのも、これまた当然であった。いったい師は何を考えているのだろう、話くらいしてくれてもよさそうなものだ、と忌々《いまいま》しい思いになる。

老爺に慰められ、辛うじて自分を押さえていた三郎も、やがて、二カ月にもなろうとする頃、とうとう待つことに限界を感ずることになった。このような不安な日々がつづいたのでは自分の体が保たない、そう思いだしたのである。

と言って、ここの掟に背けば、師はともかく周囲の者が黙っていないかもしれぬ。厳正な掟はきっと守ろうとするにちがいない。とすれば、どのような処置をとられるか分からぬ。

しかし、かりに追い出されたとしても、ここで自滅するよりはましだ。どこをどう帰ってよいのやら、皆目見当はつかないし、森の中には猛獣毒蛇もいるという。無事にどこかの港へたどり着けるかどうか、その成算はないに等しいが、とにかく、これ以上ただ空しく待つわけにはいかぬ。

〈よし、もうどうなってもいい。いったいどうするつもりなのか、カリアッパ師に聞いてみよう〉

と三郎は、決心したのである。

五　壺の中の水

毎朝、部落では一つの儀礼が行なわれる。部落の中ほどにある、ささやかな集会所の前に、皆が集まって師を迎えるのである。

師を待つ人々の間からは咳《しわぶき》ひとつ聞こえない。実に静粛な雰囲気であった。そして、集会所のすぐ隣りにある小さな草葺き屋根の家から師が出て来ると、皆、大地に身を投じてひれ伏す。その小さな家が、師の住まいだったのである。

そして、師の声が聞こえる。レプチャ語であったり、古典的なサンスクリット語であったりするが、もちろん三郎にはそのいずれも皆目分からない。

師の澄んだ声が終わると、主だった者を連れて集会所の中へ入って行く。後の者は、草の上に腰を下ろして待っている。そして、それも終わると、いく人かの侍者を従え、家へ帰って行くのであった。もちろんその間は、皆再び、ひれ伏して師を送る。

その時、師についている侍者たちは、いずれも師の高弟とも言うべき人々で、多くのヨギたちを師に代わって導くのが、彼らの役目だったのである。師が直接ヨギたちに教えるということはあまりなかった。

この日、意を決した三郎は、集まりの一番前に来ていた。いつもは、女や子供のいる、そのまた後ろの方で、この儀礼に加わっていた三郎であった。

三郎は待った。集会所の中から師が出て来るのを。じっと、終わるのを待った。そして、師の姿が現われると、皆と同じようにひれ伏していったのだが、その姿勢はやや浅めであった。

カリアッパ師が、静かに三郎の前を通り過ぎようとした。その時であった。三郎は、思いきって顔をぱっと上げた。すると、師の足が止まった。一瞬三郎は、師の鋭い叱声が飛んでくると覚悟した。しかし、師の口は閉じられたままであった。それどころか、三郎の顔を見て、優しく微笑んでくれたのである。三郎は、ほっと胸をなでおろした。

そして、それに勢いを得た三郎は、積もりに積もっていたものを、一気に吐き出していった。

「お尋ねしたいことがあります」

「私にか?」

「はい」

「ほう。何かね?」

「エジプトのカイロで、初めてお会いした折りに言われた、あのお約束は、いつ果たしていただけるのでしょうか?」

「私が……？　カイロで、何と言ったたっけなあ」

「………」

三郎は、一瞬、肩すかしを喰った。勢い込んでいただけに、次の言葉が出てこない。これほど重大なことを、師が忘れるわけがない。三郎の心は乱れた。

「それは……『お前は、大事なことに気づいていない。それに気づけば、死なずにすむ。きっと助かる。私が、それを教えてあげよう』そう言われたはずです」

「ああ、そのことか。それならもう、言われるまでもない、よく覚えているよ」

ああ救われた、と三郎は、一息ついた。

「それでは、いつから教えていただけるのでしょうか？」

「いつでもよろしい。私の方は、ここへ着いた翌日からでも、教えたかったのだが、でも、肝腎な教わる方の準備が、できていないようだから、それで、教えられずにいたのだ」

おのれの耳を、三郎は疑った。それはあまりにも思いがけぬ言葉だったからである。しかし、われに返った三郎は、とんでもないとばかりに、猛然と口火を切った。

「私は、それをお聞きしたいばかりに、ここまで、ついて来たのですから、準備と言われれば、もちろん初めから、できているつもりです」

「いや、できていないな」

「………？」

三郎には解せぬことであったが、とにかく必死で食い下がった。

「本当です。毎日、いつになったら教えていただけるのかと、この二カ月、どれほど待っていたか分かりません。今日からでも、さっそく教えてくださるようお願いします」

「いや、それはおかしいぞ。私こそ、毎日お前の姿を見るたびに、『まだ準備をしていないのか、せっかくこんな遠いところまで来ていながら、いったい、いつになったら教わる気になるのだろう』そう思ってな、私の方から催促したいくらいであった」

師が何を言っているのか、三郎には、まったく分からなくなっていた。頭が混乱しているのか？　いや、そんなことはない。自分の頭はしっかりしている。それなら、カリアッパ師の方で、何か大変な勘ちがいをしているのではないか？　ことは簡単なはずだ。教えてもらえば、それでいいのではないか。

「とにかく、それでは、今日からお願いします」

「だから、準備ができたら、いつでも教える、と言っているではないか」

「………？」

「分からないのか。お前の心の中は、お前自身より、私の方がよく知っているのだ」

「………？」

「どうしても分からないのかな、それならやむをえない。分かるようにしてやろう。あのな、小さな壺に、水をいっぱい入れて持って来なさい」

自分と師との間には、大きな心の隔たりがある、と三郎は感じた。しかし、いかに民族が違い、風俗習慣が異なると言っても、同じ人間である。こんな簡単なことが通じぬわけがない。しかし、今あれこれと言い張っても仕方がない。師の言うとおりにする以外方法はない。諦めた三郎は、一礼して立ち上がると、集会所のすぐ裏手にある炊事場へと向かった。

炊事場には、素焼や真鍮の器が、大小いろいろと取りそろえてあった。素焼の壺というのは、川の水を汲み入れておくと、日中どんなに暑くなっても、不思議なほど冷たさを保っているもので、持ちにくくはあるが、大変便利なものであった。

三郎は、棚の中から、手ごろと思われる、小さめの壺を取り出すと、大きな瓶《かめ》から、水をいっぱい汲み入れた。大事な話の最中に、水を汲んで来いなんて、いったい師は何を考えているのだろう。忌々《いまいま》しい気がしたが、三郎はその水をこぼさぬよう、そっと持ち上げると、静かに外へ出た。

師の背後に立っている侍者も、草の上に腰を下ろしているヨギたちも、そして女たちも、皆、大事そうに壺を抱えて来る三郎の姿を、じっと見守っている。

「よし、その壺は、そこへ置きなさい。そして今度はな、同じくらいの壺に、湯をいっぱい入れて持って来なさい」

再び三郎は、炊事場へもどると、いつも豊富に沸かされている釜の中の湯を、そっと壺に入れていった。たくさんの野菜を茹《ゆ》でるための湯であった。

三郎が、師の前に、水の入った壺と並べてそれを置くと、師は言ったのである。

「湯を、こちらの壺に入れてごらん」

「えっ……？　この中へですか？」

と三郎は、いぶかしげに聞いた。

「そうだ」

「でも……水がいっぱい入ってるんですが……」

「そうだな。お前が、入れて来たのだからな」

「………？」

「で、お湯が、その壺の中に入るかどうか、入れてみなさい、と言っているのだ」

「それは……入りません。溢《こぼ》れてしまいます」

「溢れるな。お前にも、それが分かるのかな」

そう言われた三郎は、馬鹿にするにもほどがある、と腹だたしげに言った。

「そんなことは、子供だって分かります」

「そうか。それなら、先ほど私が言ったことも、分かるだろうな」

「えっ……？」

「どうだ、少しは分かったか」

「あのお話と、これと、いったいどういう関係があるのですか。私はただ、今日からでも教えてください、とそう申しあげただけです」

「分からない男だな。私は、お前がそれほど愚かだとは思わなかった」

何か妙に意味ありげだ、とは思うものの、やはり、師が何を言わんとしているのか、三郎には、さっぱり分からなかった。それより、多くの人の前で、妙なことをさせられ、また、大きな声で愚か者呼ばわりされたことに、三郎はひどい屈辱を感じた。顔が火照《ほて》るほど、口惜しさが込み上げてきた。もちろん、周囲の人が、英語の分からぬ人々であることは、承知していたのだが。

そんな三郎に、師は静かに言ったのである。

「お前の心の中は、この壺と同じで、冷たい水がいっぱい入っている。だから、私がいくら温かいお湯を入れてやろうと思っても、それは皆、溢れてしまう。お前が水を空けて来れば、私もお湯を注いでやれるのだが、お前は、いっこうにその水を空けようとしないではないか」

「…………」

「私は、毎日お前の姿を見るたびに、いつになったら水を空けて来るのか、そればかりを心待ちにしていたのだ」

「…………」

「役にも立たない、くだらない理窟をいっぱい詰め込んでいるところへ、私がいくら素晴らしいものを注ぎ込んでも、お前はそれを、無邪気に受け取らないだろう。受け取れない人間に、ものを教えるなんて無駄なことだ。私は、そんな無駄事をするほど愚かではない」

それだけ言いきると、カリアッパ師は、家の方へと歩んで行った。

師の一句一句は、三郎の魂を大きくゆさぶった。だいたい三郎という人間は、これまで人一倍自尊心の強い、いわば、大変な自惚《うぬぼ》れ屋であった。したがって、人の意見に耳を傾けるということには、配慮が欠けていた。

もっとも、それにはそれなりの根拠はあったのである。小学校の頃から、乱暴者ではあったが、学業の方は頭抜けていいし、中学でも、柔道ばかりに精を出しているようでありながら、成績は、これまた良かったのである。

勉強をしても、さっぱり成果のあがらぬ学友などを見ると、自分の能力を、ついひけらかし、自慢の一つもしたくなるのであった。もっとも、その蔭には、これまたそれなりの理由があった。

中学の修猷館で成績が良かったのは、国語や漢文などを除いて、授業の多くは、英語の教科書を使用していたからであった。ずいぶん思いきったやり方だが、文明開化全盛の当時としては、それが、たいした抵抗もなく迎えられたのである。

ところが幸運にも、三郎は小さい時から、近くに住む英国人夫妻に可愛がられていたため、その頃から、英語については、かなり手ほどきを受けていたのである。そしてその後も、好きであったために、英語の学習だけは独りでつづけていたのであった。

これが、中学に入ってから、大きな威力を発揮してくれたのである。どの学課でも、級友たちは、まず初めて取り組む英語の難解さに辟易《へきえき》したのであったが、三郎にとっては、きわめてやさしいものばかりであった。

だがそれは、一つの幸運に恵まれたが故、とは考えず、得意の鼻をうごめかす方へと進展していったのだが、中学生であるから、それもある程度は、やむをえないかもしれぬ。だがその上、悪いことには、腕力が強く、常に級友を制するというありさまであったから、これと相俟《あいま》って、三郎の自惚れは、ますます強固なものとなっていったのである。

それと、明治二十年代の中学生というのは、それ自体が大変なエリート的存在だったのである。何しろ中学は、各県に二校か三校くらいしかなく、生徒の数も、全国合わせて三万人程度という時代である。

福岡県でも、修猷館のほかは福岡中学があるだけであった。今日のように大学だけでも五百からあり、学生数が三百万というのにくらべれば、いかに中学生というのが、少数でありエリートであったかが分かろうというものである。

さらに、大学と言えば、東京にただ一つあるだけで、その後京都にもできたが、今日の東京大学があるだけだったのである。そういう時代に米国に渡り、コロンビア大学の医学部を出たのだから、いまだ凡夫たる三郎が、鼻をうごめかし、

「どうだ、ちょっと違うだろう」

と、胸を張りたくなるのも、また無理からぬところでもあったのである。

したがって、我《が》は強いし、理屈はこね放題で、人の意見など聞かばこそ、であった。しかもいけないことには、それを少しも悪いことだとは思っていないのであった。もっとも、病になってからは、すっかり気弱になっていたのだが、それでも持ち前の我は、なかなかもって根強く三郎の心を支配していたのであった。

だが、それでいて、人間というものは、本当の自分に返る時があるもので、夜、ひとり静かにものを思う時、外見とは別に、中身の自分は、さしたる能力もなく、また病に打ちのめされた惨めさをどうすることもできない、憐れな存在として映った。

しかも、心は常に荒涼として少しも安ずるところがない。人の前では、威を張っても、それは心の豊かさに少しも連なるところなく、むしろ、わびしさと、苛立ちが残るだけであった。

自分は知識人だ、と胸を張ってみても、それは自分の人生に役立ってはくれない。わずかに、他人との比較で、自己満足を得るのがせめてもの慰めだったのである。

カリアッパ師の一言は、そんな三郎の空しい誇りを微塵に打ち砕いていった。もっと素直になるんだ、と、その横っ面《つら》を張り倒してくれた。それも、もっとも効果的にである。

だがそれだけに、三郎の払った代償も大きかったが、この一撃によって、むしろ三郎は、大きな安堵をも得ていたのである。いやむしろ、三郎の本心は、それを待ち望んでいたのかもしれぬ。

確かに、人生を考えよう、哲学しよう、とするに際し、妙なものを鼻の下にぶら下げていたのでは、とうてい本当のものはつかめない。

それも、瞬間的な、皮相的な幸せでいいなら、俺は偉い人間なんだ、人とは違うんだ、肩書を見ろ、地位はどうだ、学もあるぞ、と威を張って満足するもよかろう。

しかし、人間、一度土壇場へ追い込まれると、そんな空威張《から》りは、何の足しにもならぬことを、思い知らされるのである。三郎も、骨身に染みてこたえていた。どうにもならぬ憐れな自分を見出していた。

だが、そこまできながらも、それで裸になれたかというと、さに非ずで、長年持ち古したものが、なかなか捨てきれない。捨てたいと、たとえ思っても、まつわりついてくる。幸い三郎は、とことん追い詰められていた。いや、カリアッパ師によって、追い込まれていったのである。

小さな我という尺度で、この世のすべてを測ろうとするな、もっと、まっとうな尺度があるんだぞ、と大地は叫ぶ。

ヨーガ哲学は、口でたんに諭し聞かす、というような安易な方法はとらない。すべてが、体ごとぶつかっていく、厳しい実践教育であった。またそうでもしなければ、横着きまわる人間の心を、自然なところへ引きもどすことは困難である。二カ月におよぶ、三郎の苦痛と極度の不安は、そこへ至るためには、どうしても払わなければならぬ貴重な代償だったのである。

とは言え、当の三郎にとっては、生身を削られるような、切ない日々であったのだが。

六　満月の夜

ヒマラヤの夜明けは、実に荘厳である。

深山幽谷、これ仙人の棲む処と言うが、確かに、俗心多き人間でも、山の霊気に包まれれば、邪悪は影をひそめ、純そのものに還っていく。

八千メートルもあるカンチェンジュンガの頂に、微かな赤い陽が射し込める。カンチの夜明けなのだ。そして、巨大な山容が朱に染まり、それが昼の顔を取りもどす頃、やっと、山あい深くに在るヨーガの部落は、朝を迎えるのである。

朝靄《もや》は、いまだ部落に濃く立ち込めている。その中を、裸身に腰布を巻いたヨギたちが、三々五々と姿を現わす。彼らは皆、黙々と吸い寄せられるように、広場を西の方へと歩んで行く。そこには、澄みきった水が、微かなせせらぎの音をたてていた。川の中での行、打坐《ダーラナ》が始まるのである。

集まったヨギたちは、それぞれの場を選び、浅瀬の中に身を沈める。膝までもない深さであるから、そこに坐を組めば、ちょうど臍のあたりまで水がくる。つまり、半ば水の中での坐禅とも言うべき行であった。

対岸には、生い繁った羊歯《しだ》や沙羅双樹《さらそうじゅ》の枝々が、流れの上にまで鬱蒼として張り出し、その奥では、時折り、何やら鳥が人の悲鳴にも似た鋭い音をかきたてる。しかしそれも、長く尾を引いて、森の中に消え去ると、また朝靄の中に、微かな流れの音だけが残る。そして後は、すべてが静寂に包み込まれてしまうのであった。

坐っているヨギたちの口もとは、どこまでも厳しくしめられているが、そうした中にも、優しさと清々しさが湛えられている。無益な緊張が、すべて除かれているからである。半ば水の中に没した手は、軽く腿の上に置かれ、親指と人差指で、小さく丸が二つ作られている。印《いん》であった。これは、仏像などにもよく見られる印で、日本では、普通弥陀定印《みだじょういん》などと呼ばれている。

三郎も、師に言われたとおり、ヨギたちとは少し離れた川下の方へ行き、そっと水の中に腰を沈めた。冷たい。三郎は、思わず身震いをした。それもそのはずで、三千メートルもの高さがあるシンガリラの山嶺から、急斜面の岩場を釣瓶《つるべ》おとしに下ってきた山水である。冷たいのも当然であった。

水中に没した足腰は、冷たさを通り越し、刺されるような痛みに変わっていく。寒さのまったくない南国で、初めて味わう冷気であった。それだけに、風に吹かれた臍から上には、いやでも力が入ってくる。三郎は、懸命に耐えていたが、何とも心もとない不安定さに支配されていた。

実は、このような肉体の受ける刺戟や、それによって生ずる心の動き、それらから自分を解放していくのが、この行のまずもって通らねばならぬ関門であった。しかし、そうは言うものの、そうした知識もまったく持ち合せず、また説明もないとあれば、痛いまでに感ずる冷たさや、上半身の心もとなさに心を奪われ、ただもう時のたつのを願うだけとなるのも、無理からぬところなのである。

だが、それでは、ただの我慢くらべで、行にはならない。冷たいという感覚や、心もとない、辛いという感情を、そこからほかに転じてこそ行となる。もちろん、初めからそう巧くはいかないが、我慢くらべも限界にくれば、人間の心というものは、防衛上、自ずからその道を会得するようになる。

これが、ヨーガ哲学で言うところの、制感《プラトヤハラ》なのである。つまり、肉体が受けている冷たい辛いという感覚を、肉体のみにとどめて、心はそれとは別の方へ持っていけ、という行である。転ずるところは、理想的に言えば、いわゆる空《くう》ということになるのだが、これは初心の者には少々荷が重い。そこで、もっと具体的な、鼻の頂点を、両眼を寄せてじっと凝視してみるとか、あるいは舌の先に、全神経を集中してみたりする。

対象の選択は自由だが、とにかく、今現在受けつづけている感覚的苦痛を、どこかに置き換えてしまう。しかし、鼻の頂を見るというのは、鼻の低い日本人には、少々向かない感であり、結《けっ》跏趺坐《かふざ》なども、禅宗では皆強制させられるが、これも、足の短い日本人には、初めのうちかなりの無理がある。

　とにかく、千五百年ほど前に書かれたという『ヨーガ・パーシャ』では、心臓とか、舌の先端、鼻の先、あるいは印を作っている指の中とか、身近な自分の体の一部がもっともよいとされている。

　こうして、心を一処に集中し、一心という状態を得るべく坐っていく。そして、短い間の一心がある程度できるようになると、さらに無心の境である三昧《さんまい》を求めて、ヨギたちは坐っていくのである。

　三郎がここへ着いた、その夜のことであった。一寝入りした三郎が、小用のため羊小屋を出ると、前の広場で、まことに奇妙な光景を目にし、いったい何をしているのだろう、と不思議な感に打たれたことがあった。

　空には、綺麗な半月が出ていたが、その下で、多くの男たちが、妙なかっこうをしたまま、じっと動かずにいるのである。両手と片足を高く挙げている者、木の枝にぶら下がったまま動かぬ男、腕立て伏せを裏返しにした姿勢でいる者、そして彼の尻のところには、何やら大きな針のようなものが置かれている。尻が下がれば、その針が尻に刺さるという、そういう仕かけのようであった。

　いつまで見ていてもきりがないし、疲れもするので、三郎は小屋に入って横になったが、眠れぬまま、三十分ほどしてまた外へ出てくると、驚くべきことに、彼らはまだそのまままったく動いていないようであった。まるで生きた塑像《そぞう》でもあるかのごとく、微動だにせず立ちつくしている。あるいは、ぶら下がったままなのである。

さすがに三郎も、つい興味を惹かれ、彼らのそばへ寄ってみた。月の光に照らし出された彼らの顔は、無表情と言うか、いとも涼しげと言うか、とにかくまったくことなげで、苦痛を我慢しているというようなところは、少しも見られないのであった。

それがまた、よりいっそう三郎には、不気味に思えたのだが、普通なら、とてもそのような姿勢を、長い間保つことなどできないし、第一、相当我慢してつづけたとしても、必死に歯を喰いしばり、すさまじい形相で耐えていく、ということになるのだが、彼らには、そうしたものは微塵もない。

ずっと後になって分かったことだが、これがヨーガにおける制感の行の一つなのであった。それは、たとえ肉体が苦痛を訴えても、心の方がそれを相手にせず、ほかの一点に置かれていると、そこに驚くべき力というものが出現する。

もし心が乱れれば、すなわち厭だなあ、と思ったり、早くやめたいなどという気持ちが湧いたら、途端に姿勢の方も崩れる。また辛くもなる。だから、心を乱すことができない。つまり、苦痛という感覚から、心を離すことによって、心の統禦そのものを修得しよう、という行なのである。

この方が、実際やりやすいということは、やってみればすぐ分かる。いらいらした心を鎮めようとして、打坐一番挑んだとする。だがなかなかそれは鎮まってはくれない。やっぱり駄目だ、とばかりにやめてしまうのがおちである。

しかし、そんな時に、半身を寒気にさらしたとすると、今度は寒さから心を離す方へと変わる。そうしないと、寒さに耐えられないからである。心の不安や焦躁というようなものは、雑念もそうだが、それを除こうとか、切り捨てようと考えているかぎり、それを相手にしているのだから、けっして消えてはくれない。

と言っても、心は何かを相手にしていないと気がすまぬ、という特性があるから、もっとも具体的で、捉えやすい感覚というものを利用して、苦しいとか寒いとかという感覚から、心を離す方へと向けてやる。

心の統禦は、あくまでも、波騒ぐ心そのものに手をつけず、むしろ放っておいて、他に転ずるというのが、基本の原則となる。そして、いつしか気づいた時には、その目的が達成されていた、というのが正統法である。

とは言え、長年ついた習性というものは、なかなかこれを許さない。雑念一つでも、一人で坐っていると、緊張感も迫力もないから、思うようにはゆかぬ。だからこそ、初心のうちは、集団での行が威力を発揮することになる。皆でやれば、その雰囲気に同化するということもあるし、心もまとまりやすくなる。ただ、いつまでも、集団でなければできない、というのではいけないが。

このように、日本の禅も、ヨーガも同じなのだが、両者はもともと同根で、ヨーガ哲学の流れをくむ仏教、そしてその中から出てきた禅なのだから、原理原則は当然ながら一つである。

そして、初心者がまずぶつかる、禅での足の痛さが、期せずして感覚統禦の制感になっているのだが、実際、その辛さは、日頃畳の上に坐るという習慣が少なくなっているだけに、かなり切ない思いをしなければならない。だが、そんな時には、心を空の一点にでも持っていかぬかぎり、どうにもならぬところへ追い込まれてしまう。

また、寒さもその一つで、障子は開け放たれているし、震え上がるような冷たい風が吹き込んでもくる。また時には、粉雪が舞い込んで襟すじに入ることさえある。一人ならさっさとやめて、炬燵《こたつ》にでももぐり込みたいところだが、皆の手前そうもゆかぬ。となれば、肚《はら》を据えて、心を空に向けようという気にもなってくる。

その寒さも終わり、春になって、いい気持ちだと思っていると、今度は蚊という手強い相手が現われる。人間ともあろうものが、あの小さな虫に、心を散々に掻きまわされてしまうのだから、情けないものである。ぶんと飛んで来ると、はや気がそっちへいく。止まったな、痒《かゆ》くなったな、と心は次々と飛んで来る蚊に占領され、とても禅の態《てい》をなさない。

そんな時でも、一念発起、さっと空へ切り換えていけば、蚊といえども恩人となる。だがそれでも、血を充分に吸った蚊が、額《ひたい》からぽとりと落ちるのを、心のどこかで感じている。感覚がなくなって、阿呆のようになっているわけではない。むしろ、明確に捉えられている、との一面もあるのである。

初めて坐る三郎には、やはり、時のたつのが滅法遅く感じられた。

〈早く、終わらないかな……〉

の一念しかなかった。もちろんこの一念は、ひたすらそう願う、という意味での一念であって、本来の、まとまった心、集中しての一念ではない。そう願いながらも、あれやこれやと、心は千《ち》千《ぢ》に乱れる。

ふっと三郎は、膝頭に妙な感じを覚えた。そっと目を開くと、何と、大きな魚が口先で膝をついているのであった。

〈鯉かな？〉

と思ったが、どうも、そうでもないらしい。結局は、草魚の一種と思われるのだが、古くからのこの川の住人で、部落の人々は魚を食べるという習性はないし、すべて生き物は大事にされているので、人を恐れるということがないのであった。

三郎は、本郷の家で、いつも鯉に餌をやっていたのを想い出した。子供の頃のことであるが、とても懐かしい。胸の痛むほど懐かしい思いであった。母も可愛がっていた。どうしているかしら。と、その心は、次から次へと、瞬時ではあるが遠くへ遊びにいってしまう。

すると、たちまち身震いがきた。水の冷たさが、虚なる心を突き上げてくるのである。やむなく、心は引き締まる。自然に心の方でそうなってくれる。もし、水の冷たさがなければ、心は遊び放題で、どこへいってしまうか分からない。

身も心も引き締まった状態でなければ、心の集中というのはむずかしい。だからこそ、そうせざるをえないところにわが身を追い込んでいく。人間というものは、誰しも怠惰な心は強いし、まとまりのない心へと習性づけられているものである。

だからこそ、一心無心を味わう段階として、もっと分かりやすい感覚の統禦から、行は入っていくのであった。

ほぼ三十分ほどがたつと、ヨギは一人また二人と立ち上がり、川を上がって行く。皆が去ったと思う頃、三郎もそっと腰を上げた。終わってしまえば、それまでの辛さも、夢幻のごとく思えたりする。この後は、集会所で朝の集まりがあり、それが終わると、ヨギたちは、それぞれ山の行へと出て行くのであった。


陽がのぼるにつれ、早くも部落の中は熱気に包まれていく。三郎は、老爺と連れ立って、広場の中ほどにある大きな菩提樹の下に入ると、ゆったりと腰を下ろした。この老木は、部落の象徴のようなものだったのである。

独特の可愛らしい形をした葉が、厚く枝々に生い繁っているので、さしもの強烈な陽射しも、まったく通らない。したがって、涼風だけが、心地よく吹き抜けていくのであった。

横にずっと張り出している枝には、栗鼠《りす》が目まぐるしく動きまわり、また、あちこちには、真紅の羽に彩られた小鳥が囀《さえず》っているかと思うと、広場では、山から飛んで来た孔雀が、餌をあさっている。

ここは、南の国の楽園だな、と三郎は思う。いずことも知れぬところではあるが、平和でのどかな雰囲気は、さすがに傷ついた三郎の心を慰めてもくれた。もっとも、そうしたくつろいだ気分になれるのも、皆とともにそれなりの行に入れた、という背景があったからである。

いったいどうなるのか、という不安と焦躁は一応解消した。そして、これからは、カリアッパ師も、さまざまなことを教えてくれるにちがいない。それがどのようなもので、またどれだけ自分にとって有益なものとなるのかは分からない。

しかし今、それを考えてみても、どうなるものでもなかろう、と三郎は、自身に言い聞かせてみるのであった。実際、不安は解けたと言っても、病から受ける苦痛や不快感というものは、絶えることがないし、一応小康状態を保ってはいるものの、これから先、どのような推移を見せるのか、三郎自身にも見当がつかない。

そうした中にあっての、ほんの一時のくつろぎではあったが、心の安まる暇とてなかった三郎にとっては、こよなく貴重な救いの一時となってくれたのである。

ヨギの出払った部落は、緊張した行の雰囲気がないため、こうして、まことにのどかなものとなる。残っているのは、老人や女子供ばかりで、広場でも、いく人かの子供が素裸のまま、栗鼠を追いかけたり、草を食《は》む馬に戯れたりしている。

そのうち、一人の男の児が、ぱっと、馬の後脚にしがみついたのである。思わず三郎は、

「危ない！」

と、大きな声を出した。すぐ隣りに坐っていた老爺は、吃驚《びっくり》して三郎を見た。

「何が？」

「あの子供だ。早く行って、止めてやれよ」

「どうして？」

と、怪訝《けげん》な面持ちで、老爺は言う。

「馬に蹴られたら、大変だぞ、早く行って、言ってやれ」

と三郎は、老爺をせかした。自分で怒鳴ってやりたいところだが、三郎は、彼らに通ずる言葉を持たない。

「せっかく遊んでいるのだ、あのままにしておいたらいい」

老爺は少しも三郎の言うことに乗らない。そして、馬は人を蹴るようなことはしないから大丈夫だ、安心して見ていろ、とつけ加えるのであった。

「本当か……しかし、あんなことをされると、嫌がってすぐ蹴るものだけどな……」

と三郎は、得心がゆかぬ、というように呟《つぶや》くと、老爺は、

「そういう馬は猛獣か？」

と、真顔で聞いた。

そうではない、それが馬の習性なのだ、と説明するのであったが、老爺は分からぬとばかりに、首を横に振った。そして、それならお前も行って試してみろと言う。何もしないことがよく分かるから、とすすめるのである。

三郎は、そうかと思い、馬のところへ行き、子供と一緒に、後脚を引っ張ったり、しがみついたりしたが、馬は何の反応も示さない。ただ相変わらず無心に草を食みつづけるのであった。

「何もしないだろう、馬なのだから」

もどって来た三郎に、老爺は笑いながら言うのであったが、ふと思いつくように、

「そうだ、お前の国では、馬をいじめるのではないか。本当に可愛がっていたら、動物は人間に害など与えないよ」

と、確信ありげに言うのであった。

なるほど、と三郎は思った。人間であろうが動物であろうが、真に愛するなら、おのれに敵する者なし、事実、部落で見かけるすべての生き物は、けっして人を恐れない。魚でさえ、手で触ることができるのであるから。

遠い昔より、そうした習性が完全に定着しているがために、人と動物とが、あたかも家族でもあるかのごとく、親しみ合っている。それがヨーガの里であった。

陽が西に傾き、やがて山の端《は》に消えると、部落の一日は、すべて終わる。暗くなったら、寝る

のである。しかし、月夜の晩は違った。とくに満月の夜ともなれば、それは月に一度の憩いの時であり、彼らは、夜を徹して満月の踊りを楽しむのであった。

陽が沈み、辺りがすっかり夜の帳《とばり》に包まれる頃、シンガリラの尾根から、巨大な月が顔を出す。と見る間に、月は天空へと舞い上がり、皓々《こうこう》たる輝きを増す。広場の菩提樹が、月に照らされ、その影を長く地上に映し出す。その頃、部落の者は、男も女も、老人も子供も、いそいそとしてこの広場へ集まって来るのである。

そして、いつものように、大きな輪を描いて草の上に腰を下ろす。頃合になると、二人の若いヨギが立ち上がる。一人は、その肩に身の丈ほどもある細長いラッパを担いでいたが、もう一人が、その先端を口に含むと、思いきり息を吹き込んでいった。鋭い音色が、静まりかえった夜の山野にこだましていく。それにつづいて、法螺《ほら》貝が鳴り響き、さらには太鼓や横笛がつづく。吹く者も、打つ者も、彼らの顔には、生々とした精気が漲《みなぎ》っている。その動きは活発で、躍動した体がそのまま太鼓にぶつかっていく。手足の動きも軽妙で、まるで手足自体が生きているかのようであった。

興が乗ると、いく人もの男女が、次々に輪の中へ飛び出し、賑やかに踊った。引き締まった筋肉が、音に合わせて小刻みに律動する。その横では、豊満な乳房と尻が、同じリズムで左右に揺れている。そして、一瞬男が身を引くと、女たちは片足を細かく律動させながら、手を腰に当てたり、高く振りかざしたり、さまざまな、なまめかしいポーズをとりながら、ゆっくりと輪の中をまわっていくのであった。

かと思うと、輻輳《ふくそう》する太鼓に合わせ、動きが急にゆっくりとしてくる。そして、妖《あや》しげに体をくねらせていくかと見ると、最後に二度三度と、大地を蹴って、一瞬静止する。すると周囲から、どっと大きな喚声があがる。こうして彼らは、生を謳歌し、大自然に融け込んで、何の屈託もない。肉体は、輝くような健康美に溢れ、その満ち足りた笑顔は、神々しいまでに澄みきっていた。三郎も、老爺とともに、輪のすぐ後ろで見ていたのだが、この世の中には、こんな幸せな人々もいるのだと、まるで夢の中の出来事のように感じていたのであった。

老爺は、三郎の脇で、粟汁《マルワ》を舐めるように飲んでいた。少し酒気があるので、老爺にとっては大事な汁であった。三郎は、もともと酒は飲まない方であるし、第一、三郎には苦く感じられ、好きではなかった。

そのかわり、三郎はカレーライスをつまんでいた。このカレーが、部落では最高のご馳走なのである。したがって、日常の食事には出てこない。何か特別な祝い事のある時とか、満月の夜とか、そういう時でなければ食べられないのである。

日頃、稗だのとうもろこしだのという雑穀ばかり食べさせられている三郎にとっては、とくに、この米が食べられるということはありがたかった。もちろん、米の味は違う。粘りけはないし、甘みもない。だがそれでも、もっとも口に合う食べ物であるし、また何よりも懐かしい思いだったのである。

日常、米を食べないという部落の習慣は、ただ、米が貴重な物だから、というだけではなかった。部落の周囲には、かなりの水田があり、収穫量もそれなりにあるのだが、米は毎日食べると体が弱くなる。として大部分は、布や岩塩、あるいは日常の生活に必要な真鍮の器などと、交換されてしまうのであった。

老爺は、お前の修行が始まった日が、ちょうど満月だというのは、ずいぶん幸先がよいぞ、と言ってくれた。その月は、すっかり天心近くにまでのぼり、あたかも真昼のように、広場を照らしていた。

夜が更《ふ》けるにしたがい、仲のよい男女は、そっと席を立って行く。場をかえ、心ゆくまで愛し合うのである。部落では、人が少々いようと、子供が見ていようと、いっこうに頓着せず、堂々と性の営みを持つ。

ヨーガの哲学は、一面において、呼吸の哲学、心の使い方の哲学、あるいは性の哲学などと、その特徴を捉えたさまざまな言い方をされているが、そう言われるだけあって、それらはそれぞれ深いものを持っていた。

性に対する考察も、きわめて自然で、文字どおり大自然の中に生かされている、生命そのものの営み、として捉えられている。だから、神聖視こそすれ、卑猥感などは、微塵も持ち合わせていない。そして、実におおらかであり、解放的であり、また本当の意味において人間的なのである。

そこには、何ものにも束縛されない人間の自然な姿がある。歓びが、あますところなく表現されている。もっとも、こうした性への認識は、ただひとりヨーガ哲学のみではなく、多少の相違はあっても、全インド的なものであり、ヒンズー教なども、その原点は、性の歓喜《エクスタシー》に置かれている。

確かに、その瞬間というのは、憎しみもなければ、悲しみもない。その心は、絶対平和の境に置かれている。古人が、そこに言い知れぬ尊厳さを見出したとしても、少しも不思議はないのである。

だからこそ、それを信仰の原点とし、寺院のあちらこちらに、男女和合の絵や、彫刻をかかげていったのである。今日でも、その多くが残されているが、その絶対平和を標榜するヒンズー教が、宗派を異にするというだけのことで、互いに血を流し合うというのだから、何をか言わんやである。今一度、原点に還って、祖先の心を見つめ合ったらどうだ、と言いたくなるものである。

それはともかく、インドというところは、長い間、中国の儒教や、欧州のキリスト教の影響を受けなかったところである。儒教は、男女七歳にして席を同じうせず、と言うように、きわめて性には厳格であるが、それも、統治上の都合が色濃く反映しているから、どうも人間本来の姿とはほど遠い。またキリスト教も禁欲主義だが、これも、現実にキリスト教国を見ると、あまり巧くいっているとは思えない。

その点、ヨーガ哲学の主張は、天から与えられた機能というものを、けっして否定するようなことはしない。そのすべてを肯定し、そしてその上で、それを統禦していく、という道をとる。

とにかく、性は、生命の根源をなすものであり、それは、そのまま人類の文化を創造していく根源と見なければならないのだから、それを否定しては、人間の尊厳も主張しえない。ただ問題は、その根底に、深い人間愛と、それを追究する高潔な人間性があってこそのことで、それがなければ、ただの野獣に堕してしまう。

七　断崖の山径

朝の打坐《ダーラナ》が終わると、後は終日することもなく、ただぼんやりと時を過ごす、そんな毎日がつづいたのだが、やがて、三郎にも山での行が課されるようになった。

カリアッパ師は、ロバに乗って、山での行に励むヨギたちを見まわって歩く。三郎もそれについて来るように、と言われたのである。

部落を出て、丸太を組んだばかりの橋を渡ると、すぐ右に折れ、川に沿って山へと小径《こみち》に上がって行く。足もとには大小の石が転がり、まるで賽《さい》の河原を行くようであった。歩きにくいことおびただしいのであった。

三郎は足に小さな草鞋《わらじ》をつけていた。と言っても、それはちょうど牛に履かせるそれのように、丸くて小さいものであるから、つま先の方半分しか覆ってはくれぬ。

「歩くのに、踵《かかと》まで使う必要はない」

と、言うのである。しかし、そうした歩き方は運動量が倍にも三倍にもなる。そうでなくともすぐ息切れのする三郎であれば、小径の傾斜が急になるにつれ、呼吸はいっそう苦しくなっていった。

もちろん師は、いつもよりゆっくりと歩を進めていたのだが、それでも三郎との間が開いていく。すると師は、振り向きもせず、黙ってロバを止めてくれた。踵の方は、もうとうに着けられていた。つま先だけで歩けるほど、三郎には体力がなかったのであった。だが部落には、草鞋と言えばそれしかなかったのである。

いく度かロバを止めた後、師はロバから降り、

「少し休んでいくか」

と、言ってくれた。三郎は、へたへたっと崩れるように腰を下ろした。そして、情けない顔をして、師を仰ぎ見た。

頃合を見て、カリアッパ師は再びロバに跨《また》がると、山径を進んで行く。何度も何度も、そんなことが繰り返された。三郎は、もうどのくらい歩いて来たのか、分からなくなっていた。ただ、ぼんやりとした顔で、

〈病人だと知っていながら、ずいぶん無茶なことをさせるな……熱でも出なければいいが〉

と、案じていた。そして同時に、

〈元気な時なら、こんな山くらい駆けてでも登ってやるのに〉

と、負けん気も顔を出す。しかし、体の方は思うように動いてはくれない。

小さな岩に腰を下ろしていた三郎は、息が静まるにつれ、余裕も出てきたのか、思わず周囲を見まわした。どうやら、ちょっとした峠のようなところらしい。眼前には、目も眩《くら》むような深い深い谷があった。切り立った岩がちらりと見えたが、その先はまったく見えない。谷底がどの辺になるのか、見当さえつかないのである。

このような屹立《きつりつ》した底知れぬ谷、それがヒマラヤ山麓の持つ一つの特徴でもあった。一跳びすれば向こうへ行けると思うような谷でも、中は暗くて何も見えない。石を落としてみると、石は音もなく吸い込まれていく。まるで地球の割れ目かと思うほどの不気味さがあった。そんなところを、彼らは、いとも簡単な吊橋をかけ、大きな荷を背負って、平気で揺れる中を渡って行くのである。

カンチのすぐ山麓を流れるテイスターは、その畔《ほとり》、海抜わずか二百メートルくらいしかない。そして、そこから八千メートルの余まで切り立っていくのだから、垂直に近い岩場の連続となるのも無理からぬところである。

谷から視線をそらした三郎は、今度は、雪を戴く見事な山なみを見た。そして、その雪山の中から、さらに巨大な岩山が天を突き破らんばかりにそそり立っている。その威容に、三郎は思わず息を呑んだ。息切れも疲労も忘れ、いまだかつて目にしたことのない、その巨峰の見事さに、心を奪われていった。

もちろんそれは、氷河の上に顔を出したカンチェンジュンガであった。その最高峰はちょうど山蔭になって見えないのだが、周囲の前山の一群が半ば姿を現わしていたのである。そして、カンチの周囲には大小無数の氷河があって、名のつけられたものだけでも三十くらいはあるであろう。中でも、世界最大級と言われるゼム氷河は、三十六キロにもわたる長大な一枚の氷でできている。そしてその氷全体が、少しずつではあるが、下方へと移動しているのである。

つまり、流れている氷だから氷河である。しかし、日本には氷河がまったくないので、どうも実感として捉えにくいが、魔神は氷ならぬライオンに跨って動くというのだが、その動きを感じ、白い魔神の棲《す》む処として恐れている。魔神は氷ならぬライオンに跨って動くというのだが、それも、昔はカンチ山麓にもライオンがいたことを物語っているのだが、今日ではライオンどころか、虎や犀なども同じ絶滅の危機に瀕しており、保護によってかろうじて絶滅をまぬがれているのが実情である。

この魔神とともに、もう一つ恐れられているのが、氷河に棲むという雪男《イエティ》である。本当にいるのかいないのか、あるいは熊などを誤認しているのか、ずいぶんと話題は豊富だが、決定的なところは分からない。登山家のハント卿などは明確に見たと断言しているし、証拠品と言われる物もあるのだが、万人を納得させるにはまだほど遠い。

カリアッパ師は、山に見入る三郎を横から優しく見守っていたが、やがて、それでは行くか、と声をかけた。小径は崖に沿って進む。岩壁の中腹を削り取ったような危なっかしい径であった。

しかも小径は、進むにつれ、次第に狭くなっていった。そしてついには、小径のすぐ縁《へり》にまで崖が忍び寄ってきたのである。山側も、つかまるものとてない岩壁がそそり立っている。思わず三郎の足が止まった。それは、まったく恐ろしい、危険きわまりない小径であった。
しかし、カリアッパ師は、と見ると、相も変わらずゆらゆらとロバに体を揺られながら進んで行く。

〈ロバが、ほんのちょっとでもつまずいたら……〉

と思えば、身の毛もよだつ光景であった。三郎は、師の後ろ姿を見つめ、むしろ茫然たるものがあった。だが、カリアッパ師にすれば、小径がそれまでと同じ幅を持っているかぎり、進むのには何の支障もない。崖が少々近くなろうと、遠くにあろうと、どちらでもよいことであった。第一、ロバがつまずくなどということはかつて一度もない。だから、強いてこのようなところでつまずかなければならぬ理由がないのであった。

自分の人生に必要のないものは心の中に存在せしめない。要らざる思考はさせない。まして、取り越し苦労など湧かせる習性がない。いや、かりに湧いたとしても、さっと切り換える技を持っている。この辺が、ヨーガは心の使い方の哲学と言われるゆえんで、それに練達したカリアッパ師は生きることの名人でもあった。

しかし、普通の人間はそうはいかぬ。崖の縁がすぐ足もとにあるということは、大きな出来事として心の中を占拠する。当然、落ちては大変と思う。だから自然、岩肌に身をこすりつけるようにして崖から遠ざかる。

やっと通り抜けた三郎は、ふっと大きく息をついた。振り返ってみると、危ないところはほんのわずかでしかなかった。しかも、実際にはかなりの余裕があったのである。人間の心というものはとかくそうしたもので、危険や不安というものを過大に感ずるものなのである。

しかしこれも、原始の時代にあっては、その恐怖の本能が人類の身を守ってくれたのであって、その時代には必要だったのである。だが、幾万年後になっても、その本能は根強く心の中に残存していてその人の人生を狂わす。ヨーガ哲学は、その辺までを見抜いて心の統禦を試みるのであった。後に三郎は、これら怖れ、悲しみ、怒りなどを不要残留心意識と呼んだのであった。

崖縁から解放されると、今度は快適な下り道となった。三郎の足もようやく軽やかなものとなっていた。それには、崖縁での、あの真剣な一時が大きく役立っていた。危険に遭遇したことにより心機の転換がなされていたのである。

小径の脇には、桜草が一面に群生し、可憐な花を無数に咲かせていた。また、大きな沈丁花《じんちょうげ》も強烈な香りを辺りに漂わせている。そして、小径の両側には、次第に松の木が多くなっていった。ふと三郎は、何か日本の山野を歩きまわっているような、そんな錯覚すら覚えるのであった。周囲の樹木が、あまりにも日本のそれに似かよっていたからである。

だいたいカンチの南麓一帯は、熱帯性の樹木と温帯性の樹木がほどよく同居しているところで、低地などバナナや菩提樹のような樹が多いが、少し山地に入ると、すぐ松や樫などの温帯樹木が目についてくる。日本のそれとは、少し感じが違うようであるが、結局は同じであるようだ。

そして、さらに高いところへ行くと、大木のような石楠花《しゃくなげ》が密林となって繁茂している。この石楠花がネパールの国花になっているのだが、いかにも山岳国家らしい国花だと言えよう。それ以上の高所は這松《はいまつ》となるから、これら熱帯から温帯、そして寒帯に至るまでの三種の植物が同一地域内に垂直分布するという、独特の現象が見られるのである。

故郷の山野を歩きまわっているような、そんな気分も手伝って、三郎はすっかり心にゆとりを見出していた。心地よく師の後について歩いているうちに、三郎は、ふと遠くから聞こえてくる何かの音に気づいた。ゆっくりとした足どりの中に、音は次第に大きくなってくる。

それは、滝の音にちがいなかった。音からして、かなり大きい滝だと三郎は思った。そして、下りの勾配が急になるにつれ、左右の森は一段と濃くなり、松や樅《もみ》、そして樫などの枝が鬱蒼として小径を覆ってくるのであった。

しかも、曲がりくねった小径には、樹々の太い根が剥き出しになって段をなしている。強烈な太陽にさらされてきた三郎の目は、その急激な変化に追いつけず、その根株につい足をとられそうになる。三郎は足で探りを入れながら一段一段と降りて行った。

滝の音は、いつしかすさまじいばかりの轟音となり、辺り一面に響きわたっていた。それが、小径を曲がり終えるたびにいっそう音が大きくなってくる。

急に、三郎の眼前に不気味な空間が、ぽっかりと顔を出した。そしてその奥には、厖大な水が耳を聾《ろう》せんばかりに落下していたのである。

滝壺からは、高く飛沫が舞い上がり、水煙から霞となって辺りを覆っている。そのため、さなきだに薄暗い滝壺には、妖精の棲処《すみか》でもあるかのような神秘さが漂い、とてもこの世のものとは思えぬ、そんな幻想的な世界を作り出していたのであった。

目を凝らすと、滝の両側は、ともに美しい岩肌に包まれ、その岩壁はまっすぐ上の方へとのびていた。見上げていくと、岩が切れたところに、ぽっかりと、わずかに紺碧の空が顔をのぞかせている。

滝の玄妙さにわれを忘れていた三郎は、ふと横を見た。そして、あれっ、と思った。カリアッパ師がいないのである。振り返ると、師は、滝壺からの流れに沿って、なおもロバを進めていた。三郎もあわててそれを追った。

しばらく行くと、急に師の影が岩蔭に消えた。三郎は急いだ。だが、大小の石が邪魔して思うようには歩けない。仕方なく、三郎はその一つ一つを踏み分けて歩くのであった。

岩蔭では、カリアッパ師は、すでにロバを降り、その岩へと上がって行くところであった。三郎もそれにつづいた。そして、上がりきったところでひれ伏すと、師は三郎のそばに寄り、耳もとで大きな声を出した。

「夕方近くに迎えに来るから、それまでここで坐っていなさい。何を考えてもよろしい。お前の好きな心配事でも何でもよい。思うままのことを、心に浮かべていくことだ」

と、師は微笑みながら揶揄《やゆ》するようにそう言った。思わず三郎も苦笑した。

「飽きたら、目を開けてもいいし、その辺を歩くのもよかろう。でも、遠くへ行ってはいけないぞ。豹や蛇が出るといけないから。この辺の蛇は大きいからな」

それだけ言うと、師は岩を降りて行った。すっかり気分が落ち着くと、改めて三郎は滝の音の大きさを思い知らされた。カリアッパ師の言葉もやっと聞きとれるほどであったし、坐っているこの大岩ですら、微かながら振動しているのではないか、と思えるほどであった。

しかし、涼風がくつろいだ三郎の裸身を、爽やかに吹き抜けていく。腰布一枚という身軽さが、しみじみありがたく思えるのであった。三郎は、しばらくの間、轟音の中でのくつろぎを満喫していったのである。

この滝というのも、カンチ山麓一帯の峻嶮さを象徴するもので、屹立した岩場の連続なのであるから、雄大な滝が多いのも至極当然であった。

探検家のチャンドラ・ダスは、ゼム氷河の末端にある滝のことを、その場から去っても三時間は耳が麻痺して何も聞こえなかった、と書き記している。広大なカンチの山麓には、現在でも、人間をまったく寄せつけない原始林や岩場が、無限に存在している。したがって、滝なども、どれくらい大きな滝があるのか見当さえつかない、というのが実情なのである。

こうして昼近くなると、カリアッパ師の後について山を登り、滝壺のすぐ近くで、半日瞑想しては夕方帰って来る、そうした日々がつづいたのであった。

そして一カ月もすると、今度は朝から山へ入るようになった。当然、何も食べずに行くのであるから、稗や果物など、その日の食べ物を持って上がることになる。水は目の前の川がある。

あとは、終日、ひとり瞑想に励むということになるのだが、さてその瞑想が、実際にやってみると、なかなかどうして思うようにはいかない。誰でもが持っている禅の知識くらいのものはあっても、経験はまったくない。また、瞑想についても何も知らないのであるから、うまくいくはずもなかった。

目を瞑《つぶ》っているのにも飽きると、三郎は岩を降り、河原の辺をぶらぶらと歩いたりして暇をつぶした。しかし、たった一人で昼なお暗い原始林の中に坐っていると、時には、寂しさを通り越して、どうにもならぬ孤独感にさいなまれることがある。

そんな時は、心はすぐに遠い故国日本へと、飛んでいくのであった。

〈日本では、もう秋も深い頃だ。柿がいっぱいなっているだろうに〉

子供の頃、よく登ってはとったあの柿の木。中学時代を過ごした福岡の山野。悪友たちと遊びまわったあの浜辺。次から次へと瞼に浮かんでは消えていく。

そして、母のこと、親父もどうしているかと、家族の顔が鮮明に描き出される。自分がこのような山奥にいることなどまったく想像もできないであろうに。だが、その肉親や友人たちにも生きて再び会えるのかどうか、思えば思うほど、三郎の心は痛いほどに締めつけられてくる。

実は、三郎の父中村祐興は、一年ほど前の明治四十二年の十月に、福岡ですでに亡くなっていたのである。福岡日日新聞には、その死亡記事がかなり大きく載ったのだが、もちろん三郎は欧州に在ってまったく知らなかった。アメリカを発ち、ロンドンへ向かうという便りを最後に、音信の絶えた三郎のことが、死の瞬間まで気になっていたであろうことは容易に察しがつくのだが。あまりのやるせなさに、ふっと三郎は目を開いた。その目にはうっすらと涙が浮かんでいた。気性の激しい三郎であったが、今はその激しさもすっかり影をひそめ、ただただ孤独で救いようのない心境に置かれていた。

眼下には、激流が岩を嚙み、小鳥が岩から岩へと飛び交《か》っている。そしてその下には、激しい流れにもかかわらず、青や白の美しい石が川底に垣間見えるのだが、そうした美観も三郎の虚ろな心にはまったく響かなかった。

ふと三郎は、すぐ前を小さな虫が一匹、自分の方へ這い寄って来るのを見出した。

「おい！」

思わず三郎はその虫に向かって声をかけた。

「おい、もっとこっちへ来い。こんな寂しいところに、お前もたった一人でいるのか。寂しくはないのか」

体を前に屈《かが》めた三郎は、虫の方へ思わずにじり寄った。抱きしめてやりたいほどであった。三郎の両眼から、その虫のそばに、大粒の涙がぽとりぽとりと落ちていった。

八　花園と墓場

「今日は、いい天気になったね」

　これから山へ行こうという朝まだき、カリアッパ師はロバの上から声をかけた。三郎はひれ伏したまま答えともならぬ答えをした。

「はあ、でも、頭が重くてかないません」

　すると師は、

「私は、体のことなど聞いていない。毎朝、聞いているのも、お前の気分を聞いているのだ。それなのに、『気分はどうだ』と聞けば、必ずお前は、やれ頭が痛いの、胸苦しいの……」

　と、淡々とした口調ながらも三郎をたしなめた。言われながらも三郎は、妙な安堵を覚えていた。と言うのは、今まで毎朝のように、体の不快を訴えても師がまったくとりあってくれなかったからである。もちろん、それに対し、慰めの言葉など一言もない。だから、たとえどうであれ、それに反応してくれたというだけでも嬉しかったのである。

「お前が病人であることくらいは、いちいち言われなくとも分かっている。具合いが悪そうなのも、私にはすぐ分かることだ」

「…………」

「しかし私は体のことなど一度も聞いたことはない。こんなに気持ちのいい朝ではないか。『いい天気になったね』と言われたら、『本当に気持ちがいいですね』くらいのことは言ったらどうなのだ」

そう言われれば、それがもっともだと思う。いく日か雨の多い日がつづいたのだが、今朝起きてみると、雲一つない青空が広がっていたのである。

「それは……私も、そう言いたいとは思うんですが……」

と、三郎は澱《よど》みがちに言うのであった。

「言いたければ、言ったらどうなのだ」

「でも……体の具合いが悪いものですから、言う気分になれないのです」

「この愚か者、病むのは体の方だろう。心ではない。体が悪いからと言って、心まで病ます必要がどこにあるのだ」

ずいぶん無理なことを言う、と三郎は反撥を感じた。頭が痛かったり、重かったりすれば、誰だって気分も悪くなる。だいたいこの人は、自分が病気をしたことがないものだから、そういうことが分からないのだ。でなければ、こんな理屈に合わぬことを言うわけがない。

日頃、病人であることを少しも案じてくれぬと、不満を持っていた三郎は、ついそれを師にぶつけてみたくなった。

「私も、丈夫な時はずいぶん快活な人間だと言われたものです。しかし、こう気分が悪ければ憂鬱にもなります。天気がよくても、気分の方は少しもよくないのですから」

「それでは、病が治らなければ、生涯、憂鬱でいようと言うのか？」

「………？」

「いいか。病は病、苦しみは苦しみだ。そういう時こそ、それをよりよい方へ引っ張ってくれるのが心ではないか」

「………？」

「私は毎朝、お前の気分を聞いてきたが、そのうち、まともな返事が返ってくるであろうことを、内心楽しみにしていたのだ。それなのに、いつまでたっても情けない哀れな言葉しか、お前の口からは出てこない」

「………」

「まったくお前という人間は、考えなければいけないことは考えないで、考えなくていいことばかり考えている」

「………？？」

「早い話が、飛び込まなくてもいい濁り水の中に、自ら勝手に飛び込んでいるのだ。言いかえれば、お前はいつも向いてはいけない方ばかり向いて生きている。こっちを見れば綺麗な花園があるのに、お前は墓場の方ばかり見て、この世はすべて寂しい墓場ばかりだと思っている」

「…………？」

「なぜ、お前の心を花の咲いている方へ向けないのだ。幸不幸というのは、心の向け方一つで決まるものなのだ。お前のような考え方をしていたら、世界一丈夫な人間になろうと、世界一の金持ちになろうと、お前の欲の心はそれを幸せとは感じさせないだろう」

「…………」

「第一な、お前に墓場の方を向けさせたり、あっちが痛いの、こっちが苦しいのと、そう言わせている、もう一人のお前がいることに気がつかないか」

「…………？」

「まあ、そんなことは、考えたこともないだろうなあ」

師の言うとおり、三郎には何のことやらさっぱり分からない。それでも、途中までは少しは話についていけたのだが、もう一人のお前などと言われると、またまた三郎は心に一つのひっかかりを覚えるのであった。

日頃、カリアッパ師に対しては、充分尊敬の念を抱いてはいるのだが、それでいて、時にふっと、妙な抵抗を感じることもあったのである。それは、山深いところに住む未開の民族に対する軽蔑感が、三郎の心にあったことに起因する。

それは実際、この部落の人々の暮らしぶりを見れば、無理からぬところであった。男は腰布一枚で、女は裸同然。食べる物と言えば、これまたいたって原始的で、水漬けの稗や粟という具合いだし、夜になっても灯も満足に使わない。

どう見ても、古代人としか思えぬような人々である。師は、ここでは絶対的な長《おさ》だが、それでもやはり部落に住む一人であることにはちがいない。多少世間のことは知っているようだが、それとて知れたもの、われわれのように文化文明を持つ人間から見れば、遥かに遅れた、程度の低い人なのだ、という意識は、常に三郎の心の中から抜けなかったのである。

もちろん、ヨーガ哲学の何たるかも知らず、その価値認識がまったくなされてないのであるから、目にする原始生活そのものが、どうしても人格への価値認識と直結してしまうのであった。

まあ、人間というものはそうしたもので、自分の尺度が低いことには気づかず、相手の方が低いと思う。日常、誰でもが犯す誤りの一つである。

しかしながら、部落でのこうした原始生活というものは、むしろその伝統を守るための意図的な行為という一面もあったのである。ランプなどは、ダージリンにはいくらでもあるし、食べる物とて、米との交換によって、いくらでも新味ある物が手に入るのであった。やはり、部落全体が一つの修行道場であるから、古来のあり方をできるかぎり踏襲していこうということだったのである。

とにかく、三郎は何も知らない。だから、価値判断も狂う。しかしこれはこれで大いなる効用があったのである。何の先入観もない白紙の状態で、ヨーガを学びとることができたという、通常では得られぬ大いなる利であった。

カリアッパ師は、つづけた。

「分からないだろうなあ。お前の心の中には、お前をそうやって悲観的にさせている、もう一人のお前がいるのだが。ま、それはおいおい分かってくるだろう。とにかく、明日の朝からは、どんなに体が悪くとも、けっして口にしてはいけない。『気分がいい』とか『元気です』とか人が聞いても爽やかさを感じさせるような、そういう言葉だけを使いなさい。言葉《マントラ》というのは神聖なものなのだ。自分の命を汚すような言葉は断じて使ってはいけない」

厳然と言い渡し、それでは行こうか、とカリアッパ師は、三郎をうながし、山へと向かったのである。

翌朝、いつものとおり、師はひれ伏している三郎にさりげなく声をかけた。

「どうかな、今日の気分は？」

「はい、いい気分です」

仕方なく三郎はそう答えた。とてもいい気分どころではないのだが、そう言わざるをえない。声も小さいし、忌々《いまいま》しささえ、それとなく顔に出ていたのだが、とにもかくにもそう答えたのだが、師は、

「そうか、それは結構」

と、微笑みながらうなずいたのであった。

それから何日かが過ぎた。

その日、瞑想を終えた三郎は、カリアッパ師とともに山を下って来た。遅くなったせいか、あれほどの強烈な西陽も、さすがに傾き、すでに山の端にかかろうとしていた。こんなに遅くなることは滅多にないのだが、師は多くのヨギを見て歩くため、時には遅くなることもあったのである。

小さな丸太の橋を渡ると、もう部落であった。そして、部落の入口とも言うべき高い生け垣を脱けると、広場の方が妙に騒がしい。何やら怒声のようであった。しかし三郎は得心がゆかなかった。賑やかに騒ぎたてることはあっても、部落の中は常に和気藹々《あいあい》とした雰囲気で包まれている。

やがて、視線をさえぎっていた樹木が切れ、広場の片隅が見えてくると、そこで、二人の若いヨギが、互いに罵りながら、つかみ合いの大喧嘩をしているのであった。三郎は信じられぬ思いがした。

二人は、カリアッパ師が帰って来たことにも気づかず、互いに肩を激しく突いたり、蹴とばしたりしながら、何かを言い合っている。師は、そんな光景をよそに、知らぬ顔で自分の家の方へと向かった。思わず三郎は、

「あれ、止めなくてよろしいのですか？」

と、聞いた。

「ああ、構わぬ。放っておきなさい」

と、言う。そして、

「もうすぐ陽が沈むだろう。そうすればやめるから」

と、こともなげに言うのであった。またまたおかしなことを言う、と思いながらも、師を見送った三郎は、自分の寝床である羊小屋の脇に佇《たたず》むと、まだつづけている二人の激しいやりとりを見守っていた。三郎のところからはかなり離れているが、それでもその剝き出しの敵意は両者とも体に溢れているのが分かる。とても、すぐにはおさまりそうもない。

はや陽が落ち、辺りには黄昏《たそがれ》の気配が漂い始めていた。そして、それが次第に濃くなると、二人の怒声も少しずつ小さくなり、動きも鈍くなっていった。そのうち、二人はどちらからともなく寄り合うと、互いに抱き合い、相手の背を軽く叩き、最後に頰を寄せると、右と左に分かれて行ったのである。

三郎は、夕闇の中に消えて行く二人を見て、呆気にとられていた。あの激しい怒声と険しい敵意とはいったい何であったのか。どう考えても、作りごととは思えぬし、遊びでもなかろう。さりとて、本当の喧嘩であるなら、あの結末は納得がゆかぬ。彼らは偉大な演出家なのか。

〈まったく、妙な連中だなあ……〉

そう呟《つぶや》くと、三郎は羊小屋の中へ入って行った。

翌朝、山への小径を登りながら、三郎はカリアッパ師に聞いたのである。すると師は、

「ああ、確かに喧嘩をしていたようだな。若い者の間には、年に一度や二度、ああいうこともあるのだ。しかしな、夜になれば、マナが飛ぶようになるから、喧嘩なんぞしていられない。だからやめたのだ」

と、言った。

またまた三郎は、妙な話が出てきた、と思った。

「何ですか、そのマナというのは？」

「夜叉のことだ。悪魔とでも言うかな。そのマナに、魂を奪られては大変だから、それで仲直りをするのだ」

三郎は、歩きながら聞いていたが、この部落や、カリアッパ師にまで抱いている文化の遅れた民族、という軽蔑感が、またまた心の中で頭をもたげてくるのであった。

「夜というのはな、悪魔《マナ》の支配する世界なのだ。だから、もし、心の中に怒りや悲しみ、それに怖れや憎しみもそうだが、そういう妙なものを湧かせると、悪魔《マナ》がすぐ心の中に飛び込んでくる」

「………？」

「同気、相引くで、同じ仲間どうしというのはすぐ結び合うだろう。もちろん、昼間でもそうしなければいけないのだが、初めからそれはできないからな。しかし、夜になったら、どんなこと

があっても、怒ったり悲しんだりというような悪魔《マナ》の心を、自分の心の中に置いてはいけないのだ」

三郎は、こういう話になると鼻白む思いであった。自分は医者なのだ。科学とまったく遊離した話は、山奥の人々の言い伝えとしてはいいだろうが、自分には向かない、と心の中でその話を一蹴する。

だが、山懐《ふところ》に深く抱かれた部落は、月のない夜などはそれこそ鼻をつまれても分からない、文字どおり一寸先も見えぬ真の闇であった。それは、いかにも恐ろしい夜叉の飛び交う世界と実感できたし、悪魔の棲みつく漆黒の空間と言うにふさわしかった。

古人ならずとも、人間誰しも暗黒の世界を恐れるのは自然である。明るい方がいいに決まっている。同時に、悲しみや怒りという人間を惨めにする心の世界も、やはり暗黒の世界であり、悪魔《マナ》の世界であることも確かな事実である。

三郎が、部落の人の言い伝えと受け止め、その幼稚さを冷笑した、この悪魔《マナ》の世界が、実は人間が心を考える上での重要な一点であると気づくのは、ずっと後のことだが、それは、瞑想によって自身の心に思いをめぐらしているうちに、さまざまに思い当たる事柄が生じてきたからである。

人間の心というものは、実に不思議なもので、自分の心でありながら、なかなか自分の思うとおりに動いてはくれない。悲しんでも、心配しても、どうにもなるものではない、と充分承知していながら、それでもつい悲観的になってしまう。

三郎とて、花の咲いている方を見て楽しい気分になりたい。墓場の方を向いて暗い厭な気持ちになるよりはその方がいいに決まっている。自分でもそうしたいのである。ところが、どうしてもそうなれない。その方が楽であるし、苦しい思いはしたくないのだが、心の方で花園の方を向いてくれない。

自分の意志は花園志向なのにそっちを向いてくれないというのは、そうさせぬ何かがあるのだろうか。カリアッパ師の言う、

「お前を悲観的にさせている、もう一人のお前」

それが、自分の心を暗くしているのだろうか。毎日、大岩の上で、三郎は自分の心についてあれやこれやと考えた。どうどうめぐりで進捗《しんちょく》はしなかったが、苦しみから脱け出たいという願望がそれを考える方へと向けてくれたのであった。

こうして三郎が、大岩の上で、自分の心に背くもう一人の自分について、さまざまに思いを馳せているちょうどその頃、オーストリアのウィーンでは、このもう一人の自分について、ほぼ研究を完成させた人物がいた。それは、精神科の医師、フロイトだったのである。

彼は神経症の治療に取り組んでいたのだが、そのうち、おのれに背く何かが心の奥には潜んでいると気づき、それが、時に応じ、ふっと意識の表面に出てくるのを把握していったのである。

これが、いわゆる深層心理学なるもので、これによって近代の精神科学は飛躍的な発展を遂げることになるのだが、驚くべきことに、ヨーガ哲学ではその存在を数千年のその昔に気づいていたのである。

そして、その把握のみならず、さらにこれが人格形成の決定的な要因なりとして、その陶冶《とうや》の方法にまで手を染めている。研ぎ澄まされた直観力がいかに素晴らしいものであるか、改めて思わされるのだが、一方、科学者としてのフロイトとて、経験からくる直観力からこれを捉えているのだということも忘れてはなるまい。

その具体的な人格陶冶の方法が、実は夜叉という表現で表わされた暗示の効用であった。人間が思ったり考えたりするその蔭には潜在意識があって、その傾向に従って思考の形態も決まってくるということは、今日では一つの常識となっているが、その大事な潜在意識を徹底的に強固なものにしようというのがそれである。

でなければ、どんなに花園の方を向きたいと思っても、大もとが墓場の方を向いているのだからなかなかそうはなれない。意識的な努力では功を奏さぬということである。

では、どうすれば心の倉庫とも言うべき潜在意識を健全なものにすることができるのか、という大きな問題にぶつかるのだが、それには潜在意識の傾向性というものがどのようにしてできあがっていくのかということから考えた方が早い。

それは、生まれ落ちた時から、周囲の人や自然の現象に至るまで目にすること、耳から入ることすべてが暗示となり、心の奥底にたくわえられていく。

こうして人間は、智恵もつくし、情操も豊かになって成長していくのだが、問題は、その心の奥底へ送り込まれる内容の良否なのである。だからこそ、幼児期から思春期に至るまでは、とくに注意しなければいけないのだが、大人になってからでも、やはり朱に交われば赤くなるのだから、けっしておろそかにはできない。

そこで暗示が心の奥底に根づいていく過程をもう少し掘り下げてみると、
第一に、強烈な印象を心に受けた場合、これはそのまま直線的に潜在意識に送り込まれてしまう。厭なこと、恐ろしかったこと、あるいは感動的なことなど、強烈な印象というものは、たった一度の体験でも生涯忘れないし、何かにつけて思考の傾向に影響してくるものである。

第二は、たとえ印象は薄くとも、同じことを何度も何度も繰り返されると、これも着実に心に根づいていく。幼児期などに、お前は馬鹿だ、馬鹿だ、としょっちゅう言われていると、言う方はそれほどの意はないとしても、だんだん何となく自信を失っていくようなことも、よくあるものである。

第三には、これは、成人もしくは、それに近い年齢になってのことだが、自分の心が容認したものは、これまた深層部に入りやすいということである。悲観的な傾向ができあがっている人などは、その種の話には乗りやすいが、そうなるとよりいっそうそれが定着させてしまうことになる。逆に、積極的な人はそういう話には乗らないから、したがって、その暗示は撥ね返されて深層部には入らない。

これらの消息をよく表わしている詩があるのだが、それをここでちょっと紹介してみよう。

彼が見た最初のもの、そのものに彼はなった。
その日一日、或はその日の一時
或は何年もずっと長い歳月
それは、彼の部分になった。

早咲きのライラックが、この子の部分になった。
黄色と白と赤の朝顔が、白と赤のクロバーが
そうして小鳥の歌が
それから生後三か月の仔羊と、ピンク色した
豚の仔たちと、小鳥と、仔牛が
……どれも皆彼の部分となった。

……父と母……は、その子に生んだ以上のものを与える……
家庭で静かに夕餉《ゆうげ》のごちそうを並べる母

……家庭で使っているもの、言葉　親しい人々　家具
望みや喜び
夕方遠くに見える山の上の村
そのこちらの河　影　色あい　霧……
これらのものが
毎日でかけていく　そうして今でもでかけていき
これからも毎日でかけて行くだろう
その子の部分になった。

ウォルト・ホイットマン
（母と子の詩集　周郷博著　国土社刊より）

部分というのも一つの言い方だが、実際には人間全体を支配する重要部分となるのだから、その影響は恐ろしい。人格というものは、こうして創られていくのだが、とくに幼児の頃は、環境を自分で選ぶだけの能力がないだけに、両親の責任は重大である。

と言っても、それは、両親の社会的な地位とか、金があるとか、ないとか、そういうこととは関係なく、両親の人格の問題なのである。素朴で善良な両親ならそれで充分、それ以上望むものはない。逆に、いかに知的には水準が高かろうと、社会的な地位があろうと、利己的であったり

すると、たちまち子供に歪《ひず》みがくる。

しかし、成人後であっても、三郎のように病気からくる不快感や苦痛が長くつづくと、陰鬱な心そのものが自らへの暗示となってしまうし、ましてそれを口に出すと、より暗示は効果的なものとなってしまう。

さりとて、必要な時には苦痛や気分の悪さを口にしないわけにはいかない。医師に対しても病状を言わなければ診察にならないし、家人とて実情を知らなければ、治療に協力することもできない。ただ、言う必要もない時に愚痴をくだくだと並べたてるのは、文字どおり愚かだということなのである。だからこそカリアッパ師は、嘘でもよい、元気だと言え、そう言ったのだが、言葉から受ける自己への暗示を良いものに置き換えたという点で、この処置は、精神科学の上から見ても、きわめて合理的だと言いうるのである。

事実、初めのうちこそいやいや言っていたその元気が、十日、二十日とたつうちに、次第に抵抗感もなくなり、そのうち、元気という言葉の中に、本当の元気者らしい感じが出てくるようになったのである。そしてさらには、自分で言う言葉ではあるが、そうだ元気を出そうという気分を湧かせてくれた。

つまり、体の悪いのには負けまいとする積極的な姿勢が、わずかな日数の言語暗示で養成されたということなのである。そしてそれが、体にもよい影響を与えるのはもちろんで、病も気負けしたら終わりで、気を強く持つことこそ大事だと言いうる。

さらに、もう一つ暗示の特性とも言うべき事柄を挙げると、暗示というものは昼間より夜の方がかかりやすいということである。ということは、同じ悲しむにしても、昼間より夜の方が深層部に入りやすいということで、毎晩くよくよと将来を悲観的に考えていたら、ますます性格的に暗くなっていくわけで、この点においても、ヨーガ哲学の夜叉という考え方は、きわめて合理的である。

したがって、夜になったら仏さんのような気分になれれば理想的だが、少なくとも喧嘩をしたり、嘆き悲しんだりすることくらいは、やめなければならない。

この点、夜の打坐《ダーラナ》などはきわめて効果的で、純粋無垢な心のあり方は、そのまま潜在意識を浄化してくれる。もちろん、よい音楽を聞くのもいいし、楽しい語らいをするのも大いに結構である。

そして、さらに暗示が最高度に入りやすいのは、夜、床に入ってから寝込むまでのごくわずかな間で、この時は暗示が直接的に深層部に入っていく。だから、もし泣きながら寝入ったりすれば、よりいっそう悲観的な人間を作ってしまうことになるし、第一、それでは肉体的にも疲労の回復を妨げることになる。

いずれにしても、ヨーガというのは、このような譬喩《ひゆ》的な表現が多いので、現代人にはきわめて分かりにくいのが特徴である。三郎がそう思ったように、一見確かに原始的であるし、また奇妙な印象も与えやすい。だがこれらも、精神科学の発達によって、こうしてその合理性も明らかにすることができる。

同時にまた思うことは、難解なヨーガの哲学を、こうして現代人の目をもって分析しえた三郎の力量にも注目したいところである。でなければ、いかにヨーガ哲学が価値高いものであっても、現代人の解するところとはならないし、結局はなきに等しいものとなってしまう。しかし、こうして現代的解釈に置き換えていけば、それなりに有益なものとなってくれるからである。

九　気になる傷口

ある日のことであった。

強い西陽を避け、三郎は菩提樹の木蔭でくつろいでいた。山での瞑想を終え、この日は早めに帰って来たのである。三郎の膝には小さな子犬が戯れていた。

するとカリアッパ師が二人の侍者を連れて三郎のすぐ前を通りかかったのである。三郎は急いでひれ伏した。だが子犬はその手にじゃれついて離れようとしない。

「教われよ……」

師はそんな軽い一声を残して畑の方へ遠ざかって行った。三郎は、犬に芸でも教えろ、と言っているのかと思いながら、再び小犬を抱き上げたのである。

そして、翌日の日暮れ時であった。また三郎は小犬を抱いて菩提樹の蔭にいると、またカリアッパ師が通りかかったのである。

「教われよ」

と、言うこともまったく同じであった。もともと三郎は、大の犬好きではあったが、さりとて訓練ともなると、誰もがそうであるようにさしたる知識は持ち合わせてはいなかった。だが、師がそうまで言われるなら、何か教えてやらなければなるまい、と考えたりするのであった。

そのうち三郎は、ふっと子供の頃本郷の家で飼っていた犬のことを思い出した。懐かしいかぎりであったが、こうして何かにつけて三郎の心はすぐ故郷の方へと帰っていく。

そして、またまた次の日の夕方も、そこで犬とともにいる三郎の前をカリアッパ師が通りかかったのである。まあ狭い部落のことであるから、別に不思議はないのだが。

「よく、教われよ」

これまた同じだったが、今日はそれだけではなかった。

「その犬は、お前のよい指導者になってくれるからな」

と、言ったのである。一瞬三郎は何のことやら分からなかったが、どうやら自分の考えていることとまったく逆であると気づいた三郎は、急に体が熱くなるのを感じた。いかに師の言葉とは言え、あまりにも人を愚弄している。ひれ伏している顔をそっと上げると、

「いくら私が愚かでも、犬より劣るとは思いません」

と、突っかかるように言った。すると師は、

「そうかな?」

と、またいくぶん揶揄ぎみに言う。三郎はいっそう不愉快さをつのらせた。

「では、いったい何を、犬から教われと言うのですか？」

「生きる道だ。この犬の方が、お前よりは遥かに完全な生き方をしている。お前は人間のくせに、この犬の半分も完全な生き方をしていない。だから、教われと言ったのだ」

思わず三郎は草をにぎりしめた。口惜しさのあまりであった。

「分からないかな。それでは、分かるようにしてあげよう。その犬を連れて、私の家の前で待っていなさい。私もすぐ行くから」

そう言うと、師はまた畑の方へ去って行った。

集会所のすぐ脇にある大聖者カリアッパ師の家は、小さいながら草葺き屋根の整った家であった。そして、その周囲も、常に誰かによって掃き清められ、塵一つ落ちてはいなかった。

だいたい、ヒマラヤ山麓の住人は、たとえ粗末な家であっても、おおむね清潔さが保たれていて、庭先には植木や草花が植えられているという具合いに、きわめて日本人的な好みを持っている。熱帯樹のバナナなどがなければ、あたかも日本の農家の庭先にいるような、そんな錯覚さえ湧いてくるのであった。

三郎が師の家の前でしばらく待っていると、やがて師が姿を見せた。そして、三郎を家の中へ入れた。中はすべてが土間になっており、石畳が綺麗に敷きつめられて、いかにも涼しげであった。足の裏がひんやりとするのである。

師は、木で作られた椅子に腰を下ろすと、軽く手を前のテーブルに置き、立っている三郎に言った。

「お前は、文明の国アメリカで、医学を学んだのだな」

「はい、そうです」

「それで、その学位まで持っていると言うなら、病人はずいぶんお前を頼りにするだろうな」

「…………」

カリアッパ師にそう言われると、三郎も面映《おもは》ゆい思いであった。

「そのお前が、どうして自分の病は治せないのだ。おかしいではないか」

思いもしなかった質問である。だが三郎は、結核という病は現在の医学ではまったく治せないのだ、たとえ自分が医者であろうがそれは関係ありません、と答えたのである。実際、誰もがそう思っていた。

すると師は、

「お前の頭では、その程度のことしか考えられないのか」

と、鋭い目を三郎に向けた。

「お前が見てのとおり、このような文化の匂いもしないような山奥に住んでいても、われわれはみだりに病などにはかからない。まして、お前のような病を持った人間が、この部落に一人でもいるか。いないだろう」

三郎は、はいとばかりにうなずいた。

「それもだ、齢をとった人間ならともかく、お前はまだそんなに若いではないか。まして医学のある文明の国に住み、その上、人の病を治さねばならぬ医者であるなら、それだけほかの人よりは病にかかりにくいはずだ。知識もあるし、それだけの技術を持っているのだからな」

言われてみればそのとおりである。初めて聞かされる意外な論理であったが、そうあらねば確かに理屈としては合わないことになる。ところが今までは、教養もない無知な人間なんていうのは、体だけは頑丈で、どんな労働にも耐えられるが、知識階級《インテリ》の人間はどうしてもひ弱なものなのだと思い込んでいた。

それが当然のこととして心の中にあっただけに、師の言葉はその常識を打ち破ったものであった。三郎は、改めてそのことに思いを馳せ、今まで自分だけではない誰しもがそう思っていたことが、実は何の根拠もない考え方であった、と思わざるをえなかった。

とにかく、カリアッパ師という人は、三郎にしてみれば、奇想天外と言うか、まったく思いもよらぬことを次々と言う人であった。発想がまるで違う。そしてそれが、いつも師の方に正当性がある、といやいやでも認めざるをえなかったのである。

「お前は、自分が間違った生き方をしているとは思っていないのだな?」

「ええ、もちろんです」

「そうだろうなあ。もっとも、承知してやっていたら、それは気狂いだ。しかしな、自分では間違っていないと思っていても、私の目からすれば、お前の生き方などは、もう間違いだらけもいいところだ。医者のくせに病にかかったり、それも治せずに苦労しているのだからな」

「……………」

「第一な、お前は明けても暮れても、体のことばかり考えているだろう。少しは、心のことを考えてやったことがあるのか？」

「それは考えています。いえ、私くらい、心のことを考えている人間はいない、そう思うくらいです」

三郎は、心のことを考えていない、などと言われること自体に、強い不満を感じた。

「そうか、考えているのか。でも、お前の言う心というのは、熱が上がりはしないか、息苦しくなるんではないかと、体を心配する方の心ではないか」

「………？」

「私が言うのは、そんな心のことではないぞ。お前が体を大事にするのと同じように、心そのものを大事にする、そういう心のことだ」

小犬を抱いたまま、三郎は答える術《すべ》もなく、ただ黙って立っていた。すると師は、すっと立ち上がり、壁のところにかかっている棚の上から鋏《はさみ》を取り出した。こうした文明の利器も、ダージリンなどから、米との交換で入手するのである。

師は、再び椅子にかけると、三郎に、

「ちょっと、その犬を貸してごらん」

と、言った。そっと三郎が手渡すと、師はテーブルの上に小犬を押さえ込み、右手の鋏で小犬の前脚を軽くちょんと切ったのである。

「キャン、キャン」

鋭い声を上げ、小犬は師の腕の中で暴れた。押さえられている前足からは、血がぽたぽたと滴り落ちていく。何という乱暴なことをするのか、師らしくもない、と三郎は眉をひそめた。そんなことには構わず、師は小犬を三郎に返しながら、

「今度はお前の番だ。手を出してごらん」

と、言う。えっ……と三郎はためらった。

「さあ、早く」

やむなく三郎は、左手で小犬をしっかり抱くと、あいている右手をそっと師の方に出した。師は三郎の手首をつかむと、犬と同じように皮膚をつまみ上げ、無造作に鋏でちょんと切った。真紅な血が手首をつたって糸をひいていく。

「さあ、どっちが早いか、治りっこしてみろ」

師はそう言うと、びしっと、切ったすぐそばを軽く叩いた。

夕闇の迫った広場を、小犬を抱いた三郎がとぼとぼと帰って行く。こんな暑いところだ、化膿でもしたらどうするのだろう。消毒もなければ傷薬もない。そう思うと三郎はいっそう恨めしくなる。師が何を考えているのか、三郎にはさっぱり分からなかった。

それから一週間、三郎は呼ばれてカリアッパ師の家へ行った。もちろん小犬を抱いてである。

「まず、犬の傷口を見せてごらん」

師の言われるとおり、犬の前足を見せた。

「おお、綺麗にふさがっているな。これなら跡もすぐ消えてしまうだろう。さて、お前の方はどうかな」

そっと三郎は右手を師の方に出した。見ると、傷口の周囲は赤く腫れ、明らかに化膿の兆《きざ》しがそこには見られたのである。

「やっぱり、お前の負けだな」

「えっ……?」

「お前の負けだ、と言っているのだ」

「それは無理ですよ。犬ですから」

「ほう、妙なことを言うねえ。犬ならどうして人間より早く治るのだ?」

「それは……」

そう言いかけて、三郎はぐっとつまってしまった。当たり前ではないですか、とでも言いたかったのだが、それではなぜ当たり前なのか、と追い討ちを食いそうで、出かけたその言葉もやむなく呑み込んでしまった。

師は黙って三郎を見つめていた。そして、三郎が完全に反駁を諦めたとみるや、師は再び静かに言葉をつづけたのである。師の話は、いつも相手に充分ものを考えさせるだけの間というものを与えていく。それは、相手への思いやりと心の余裕とが常にそうさせるのであった。まして三郎の頭の中には、曖昧な近代合理主義しかないのであるから。

「その理由はな、ただ一つ、お前の心の中にあるのだ。この一週間、お前は暇さえあれば傷口を眺めてそれを気にしていただろう」

言われたとおり三郎は化膿を恐れていた。医薬品がいっさいないことが不安の種となっていたのである。

「しかし犬の方は、切られた時にはそれは痛がる。だがその後はもう忘れている。時折り舐めるくらいのことはするけどな。ところがお前はどうだ。心配という負担を心にかけっ放しだ。どうだ、心を大事にしていない証拠だろう。だから、こういう結果になるのだ」

「…………」

「いいか、お前のように神経を過敏にして、毎日、傷口や病を気にしていたら、治る病も治らないし、傷口だってふさがらない。病を治す秘訣は、この犬のように病や悪いことを忘れてしまうことなのだ」

そう言われて、三郎は初めて心に共感を得た。そうした考えを、今までにまるで知らなかったというわけではない。何かの折りにいく度か耳にしてはいたのだが、あくまでも一つの俗論として受け止めていた。それでいて、科学的な容認とはほど遠いものではありながら、医師としての体験や自身の症状の変化から、何となくその正当性を感じてはいたのである。

「少しは見当がついたかな。それでは今日は、私がエジプトのカイロで、お前に初めて会った時に言った、あのことを少し教えてやろう」

師は、三郎に椅子をすすめると、ゆっくりとした口調で語っていったのである。

「私はあの時お前に『大事なことに気づいていない。それに気づけば、死なずにすむ』そう言ったね」

「はい」

三郎の心は弾んだ。いったい師の口から、どのようなことが語られるのだろうか、と大きな期待を持ったのである。

「それはな、こういうことなのだ。いわゆる文化の低い民族というのは、その面から言えば、すべてに価値低く、そして不幸であるはずだろう。お前のように文化文明の智を持っている人間よりはな」

「…………」

「ところが、実際にはどうだ。お前が見てのとおり、ここでは、誰もが肉体は完全な強さを発揮している。心の方とてお前とは違って、皆安らかであるし、また豊かさを持っている」

「…………」

「むやみやたらに肉体を案ずることもなければ、分に過ぎた欲望も持ってはいない。心も体も、ともに大事にして生きている。だからこそ丈夫でいられるし、また幸せでもありうるのだが、それが生命を扱う正しいあり方だということをよく承知しているからなのだ。ところが、とかく文明の国の人間というのは、それにとらわれて、そうした生き方ができずにいる。だから、生命を守ってくれる力というものが出てくれないのだ。そうすると、病にもかかりやすいし、またかかった場合には、治りにくいということになる」

「………」

「お前にしても、朝から晩まで病を気にして、やれ熱があるの、やれ息苦しいの。まあ、この頃は私に言われたから、口にはしなくなったが、それでも心の中では気にしているのがよく分かる。お前の顔にそう書いてある。しかしな。それがお前の生命にとって、どれだけ大きな負担になっているか、その大事なことをお前は少しも考えていない。だから、病が治らないのだ」

惹きつけられるように三郎は聞いていた。師の言うところが、自分の欠陥をあますところなく衝いている、と本能的に感じていたのであった。

実際に、三郎自身が医者としての体験から言っても、神経質な病人というのはどうも治りが遅い、そんな実感を持っていたのである。この程度ならもう治っているはずだが、と思うのだが、思うとおり治らない、そういう患者に共通しているのが、やたらに神経質になるということだったのである。

と言っても、それはたんなる印象であって、それ以上には一歩も進まない。精神と肉体との相関関係などは、明治から大正、そして昭和に入ってからも、また医学として取り上げられるような段階ではなかった。

心は哲学や心理学の分野であったし、肉体は細胞病理を主体とした肉体のみを対象とする医学で、心の影響が入り込む余地などはまったくなかったのである。

医師である三郎が、何となくそうは感じながらも、それ以上には一歩も出られなかったのも当然であったし、医学はあくまでも科学であるから、科学的にこれを捉えようなどということはまったくの不可能事であった。

これが科学の俎上《そじょう》に乗せられたのは戦後になってのことで、戦場での恐怖からくるさまざまな肉体的疾患を根拠として研究が始められ、精神身体医学なるものがようやく米国の若手医師たちによって樹立されたのだが、今となってはこの名も古めかしいものとなってしまった。

だがその後、ハンス・セリエの刺戟《ストレス》学説が登場し、人々の目が大きくそちらへ向けられていったのは幸いで、今日では、心が原因でなる病、つまり心因性というような言葉がすっかり世の中に定着したようである。

科学の歩みはこのように遅かったのだが、研ぎ澄まされた直観をもって、こうだ、と断定していく哲学は、実験も実証も要らないから、それだけにその歩みも早い。遠いその昔から、修行のもととなる肉体を損なわぬために、またより良くせんがためにも、心に負担を与えてはならない、と教えられてきたのであった。

実際、生命の力を削がれてしまったのでは、治るべき病も治らない。また、病を招くことにもなる。逆に、生命の力が強ければ、悪い病原菌とてその肉体には食い込めない。これらの力を、今日では自然治癒力とか、自然良能力とか、あるいは恒常性維持《ホメオスタージス》の働きなどと言っているが、もっと大きく捉えれば、この力があるからこそ人間は生きていられるので、この力が零になれば死となる。

実に、生体と屍体との区別は、この力の有無によるので、死んだ当座は細胞の変化があるわけではないし、細胞の数が減ったわけでもない。少なくとも、肉体という物質そのものはまったく同じなのである。だが、一方は生体であり、一瞬を境にして一方は屍体となる。

なぜ心臓が動いているのか、今日の医学でもこれはまったくの謎である。動き方は分かってきたが、なぜ動きつづけるのかが分からない。いまだ神秘の中に厚く閉ざされているのだが、この重要な事柄に関しても、ヨーガの哲学は明解なる指針を持っている。今日風にそれを言うと結局こういうことになる。

電動機が動いている。だが、電源を切られると瞬時にして止まる。電気という、これも不思議な力《エネルギー》を、与えるか与えないかによって、機能するしないが決まる。いみじくも科学でも気という言葉を使っているのだが、確かに電気も、この空中に隈《くま》なく遍満存在している。発電機は、ただそれを集約し、それを電線で配給するにすぎない。

人間を生かし、心臓を動かしている、何らかの力《エネルギー》も、この世に隈なく遍満存在している。そしてそれが体内に受けいれられた時、それは命と呼ばれるものとなる。命、すなわち大宇宙に存する一つの気《エネルギー》が働いている間は生きているが、これが電源を断たれたと同様に働かなくなった時死が訪れる。

しかも、この生命力なるものは、各人によってその受けいれる分量が違う。多く受けいれれば生命力は強いものとなるし、その分量が少なければばか弱い生命となる。自然治癒力なるものも当然この中に包含されるわけだが、その生命力を分量多く受けいれるにはどうすればよいか。

その分量を決定するのが、実はその人の心の状態なのだ、と言うのである。心の状態が建設的であれば建設《プラス》の気が多く体内に入ってくるし、心が破壊の状態にあるなら気も当然破壊《マイナス》の気が多く入ってくる。ちょうど鋳型《いがた》に注がれる赤い鉄のように、心の鋳型どおりの気が入ってくるのだ、と言うのである。同気、相引くである。

だからこそ、健康を回復させ、また保ちたかったら、心の状態をまずそこへ持っていく、かりにも破壊《マイナス》の気を呼び込むようなことはするな、心に負担を与えるようなことはするな、ということになる。治らないと思い込んでいたのでは現実もそのとおりになるぞ、と言っているのである。

これは、健康という肉体面のみならず、すべての事柄に当てはまるもので、万事がその人の思う方向へと現実は動いていく。失敗するだろう、駄目だろうと思えば、そうなる確率は高くなるし、大丈夫、できると確信すれば、その可能性も高くなる。

人間の思考、つまり脳細胞の離合集散運動も、今日では静電気的な働きとされているが、言うなれば精巧きわまりない電子計算機《コンピューター》なのである。これを破壊《マイナス》の方へまわすなと言うことで、悪い資料《データ》ばかり入れていたのでは悪い判断しか出てこない。

その破壊《マイナス》の気の代表として、後年中村三郎は、悲しみとか怖れ、怒りなどを挙げているが、実際、これらの感情はその人の人生を破壊へと導いていくだけである。しかし、どうしても怒らなければならないなら、公的な社会的な怒りであるべきであろう。とは言え、そうと分かっただけで解決する、という具合いにもいかない。だからこそ、その感情の統禦に向かって、さまざまな行があり、心得というものがあるわけである。

なお、本来、完全を志向する生命に、なぜこのような生命を損なうような心が存在するのか、という素朴な疑念も出てくるのだが、それは、今でこそ必要ないが、その昔人類がいまだ進化していない時には、やはりこれらの消極的と言える感情もなくてはならぬ存在だったのである。と言うのは、怒ることによって敏捷性を刺戟するホルモンが分泌されるし、筋も緊張して闘うには恰好の条件が整えられてくるからで、その時代の人類には、ほかの動物とまったく同様にやはり必要だったのである。それが、これだけ進化した今日でも、盲腸や尻尾の骨のように残っている。だからこそ中村三郎の言うように、不要な残留心だと言うわけである。

したがって、これらの感情にとらわれるような人は、いまだ進化の度合いが足らぬ人、と言うことになりそうだ。

十　われいずこより来る

素晴らしい芳香に、三郎はうっとりとした。何とも言えぬ甘い香りが、辺り一面に漂っているのであった。無数の小さな梢《こずえ》から発せられるその香気に酔いながら、しばらく行くとそこが峠であった。

そして、毎日通うこの山径ではあったが、峠へ来ると、やはり巨大なカンチェンジュンガの威容に心を打たれるのであった。そこには、いつ見ても変わらぬ尊厳さと清浄さとがあったからである。朝日に輝く超俗的な容姿は、ともすると暗い悲観的な方へと傾く三郎の心を、いつも洗い清めてくれるのであった。これも大自然から与えられる暗示の大きな効果であった。だから人間は、汚ないところに住むよりは綺麗なところに住む方がいい。たとえ質素であろうと、清潔な環境の方がいいに決まっている。そして、故郷の山々は知らず識らずのうちに心を豊かにしてくれるし、目に入る青葉若葉は人の心を和《なご》ませてもくれる。

カリアッパ師はロバに跨《またが》ったまま、三郎はそのすぐ横で、遠い彼方に広がるその壮大な光景に見とれていた。周囲からは、濃い緑のむせ返るような匂いが、吹き上げてくる爽やかな風とともに二人をそっと包み込むのであった。

ふとカリアッパ師は、呟《つぶや》くように言った。

「まったく、お前は幸せな人間だな」

三郎は妙だなと思った。ここには師のほかには自分しかいない。しかし、幸せな人間となるとおよそ自分とは縁がない。

「お前は、世界一の幸福者だ」

と、今度ははっきりとした口調で師は言う。

「えっ……私のことですか？」

思わず三郎は聞き返した。

「そうだ。お前のことだ」

師はきっぱりと言った。

それを聞いた三郎は、急に腹がたってきた。こんな病を抱え、しかも故国を遠く離れ、寂しい山の中でたった一人、言い知れぬ孤独と不安とに悩まされている自分に、いったいどこを指して幸せだと言うのか。人の心を知らぬにもほどがある、と怒りを越えて、口惜しさと情けなさが込み上げてきた。

どうもこの人は、人の気を損じるということを考えない。病人にはもっといたわる気持ちが必要なのだ、とばかりに、三郎は反抗的な口調で突っかかっていったのである。

「どうして私が世界一の幸福者なのですか？」

「分からない？　そんなこともお前は分からないのか」

「分かりません。いつ死んでしまうか分からない人間が、どうして幸せと言えるのですか？」

「馬鹿者！」

首のすくむ一喝が三郎に飛んだ。

「まったくお前という人間は、手のつけられない愚か者だ。病のことは忘れろ、と言われたばかりではないか」

「………」

「第一お前は、その病があればこそ、ここへ来られたのだろう。それを思えば、病はお前にとっては恩人だ。たとえこの近くに生まれた人間でも、この部落の中で修行することなど、なかなか許されないのだ。ましてお前は他国の人間だろう。それなのにこうして行ができる。それをありがたいとは思わないのか」

「いえ、そのことに関しては、ありがたいと思っています」

「だいたいお前は、自分では医学博士なんて言っているが、私の目から見たら、無学文盲の愚か人としか映らない。そのお前が、ここへ来てからは、毎日少しずつ心が洗われ、目覚めていくのを考えたら、お前ほど幸せな人間はいないだろう。その上いつも私のそばについていられる。これも皆が羨《うらや》むように、普通ならとてもできぬことなのだ」

「………」

「何もかも恵まれていながら、お前の愚かな心は、それを少しもありがたいと感じていない。お前は本当の大馬鹿者だ」

三郎の反抗心も、今はどこかへ消え去っていた。

「さらに、今のお前には、もっと喜ばなければならないことがある」

「………？」

「分からないか」

師はじっと三郎の顔を見た。しかしそう言われても、三郎にはまったく見当もつかない。また、返答のしようもない。しばらくしてから師は言った。

「それは、生きていることだ」

「………？」

「今現在、生きているということだ」

ますます三郎には分からなくなってきた。

「たとえ熱があろうと、血を吐こうと、また息苦しい思いをしようと、お前は今生きてそこに坐っているではないか。その体ならとうに死んでいたかもしれない。もし死んだとしても誰にも文句は言えないだろう。そうなったとしても誰も恨むことはできないな。そうだろう」

そう言われればそうなのだが、と三郎の心は動いた。

「生きていればこそ、こうして私と美しい景色も眺められるし、綺麗な花も見られる。なのになぜお前は、その大事な生きていることをありがたいと思わないのだ。いつ死んでしまうか分からない体だ、とそう言いながらも、今現在、とにもかくにも生きていられるではないか」

師は再び遠い山の方へ目を移した。静寂と、むせ返るような緑の香が、二人をそっと包み込む。しかし三郎の心は激しく揺れ動いていた。まさに青天の霹靂《へきれき》、思いもかけぬことだったからである。

こんなに辛い苦しい思いをするなら、死んでしまった方がどれだけよいか分からぬ、さりとて死ぬわけにもいかず、生きていることが大きな負担であり、恨めしくさえあった。

その生きていること自体への不満と言うか、空々漠々たる味気なさは、間違っていたのであろうか。自ら好んでそうなっているわけではないが、どうにもならぬ巨大な負担は、自分のたんなる思い違いだったのであろうか。

人間、幸せになるのも、不幸であるのも、心一つの置きどころ、足らざるところばかり追いかけて、満たされているところは見ないというのでは、たとえどんなに満たされた状況に置かれても、本人にとっては足らざるところばかりなのである。

反対に、さして満たされた状況ではないとしても、満たされたわずかな部分が心に大きく映されていれば、その人は足らざる心境ではなく、大いに満ち足りた豊かな状況が出現する。

同じ食卓についても、一人は、内心、何だこんな物しかないのか、と不平たらたらで食べるかと思えば、もう一人は、自分のためにこんなにしてくれたのか、とありがたく食べるという具合に、客観的条件は同じでもその人自身によって明暗が分かれる。

哲学というのは、何もむずかしい理論理屈を並べたてることではない。同じ食卓についた二人の心境を、哲学的に、また宗教的に、むずかしい理屈で表現すれば、いくらでもむずかしくはできる。その方が高遠な真理が説かれていると思ったら大間違いで、古来、真髄とか至上と言われるものは、ごく身近な平凡な現象の中に秘められている、ということである。表現の難易によって内容の高下を測ってはならぬ。

だが、三郎の心の中には、まだまだカリアッパ師の言葉が沁みとおるまでには至らなかった。心の準備がいまだ完全には整っていなかったのである。だがそれでも、強烈な印象となって五体を駆けめぐってはいた。

「人間としてのお役目を果たさせようとして、造物主はお前をこの世に生みつけてくださったのだ。それなのに、その大事なお役目を放り出し、間違った道を歩んでいるからそんな病にもかかるのだ」

「…………？」

「大事な用を頼んだ人間が、その用を放り出して、ほかへ遊びに行ってしまったらどうする。お前なら怒るだろう」

「………」

「もし残酷な人間なら、処罰するどころか、命さえ奪《と》りかねない。しかし、造物主にはお慈悲がある。だから、その生き方の間違いを正さんがために、お前に病をくだされたのだ。せっかくそういうよい機会を与えられながら、感謝一つしないとしたら、本当に罰が当たるわ」

「………」

「いったい、お前という人間は、この世に何をしに来たのだ」

何をしに来たなどと、ずいぶんおかしな質問だなあ、と三郎は思った。しかし、はや、反抗的な気分や、頭から否定するような気分はとうになくなっていた。

しかし、二歳か三歳になって、気がついたらこの世に産まれていただけで、別に出てこようと思って出てきたわけではないし、と三郎の心は空転するばかりであった。

ずいぶん長い沈黙であったが、師はやっと語をついだ。

「分からないだろうなあ。しかし、そんなことも分からずに、よく生きてこられたものだ。それでは聞くが、お前が散々やってきた学問というのは、何のためにするのだ?」

えっ、と三郎はここでもつまった。これなら答えられる、そう感じてはいるものの、答えとなって出てくれないのである。そして、こんなことくらいは答えねばならない、という焦りからか、無理な返答が三郎の口から飛び出してきた。

「それは……つまり……偉くなるためです」

「ほう、では、その偉くなるのは、何のためなのだ？」

追い討ちをかけられて、三郎の心はあわててあちこちをまさぐり、とにもかくにもつくろった。

「幸福な一生を送るため……ではないでしょうか」

「馬鹿者！　そういう考え方だから、お前は偉くもなれないし、幸せにもなれないのだ。ここへ来られたからいいようなものの、さもなくば、お前のような人間は、何も分からずに病と組み打ちして、この世を終わるだけだった。なあ、危ないところだ」

カリアッパ師はそう言って、三郎の顔をまともに見据えると、厳《おごそ》かな面持ちで言ったのである。

「人間は、この世に何をしに来たのか、今日からこれを考えるのだ。いつまでかかってもよろしい。滝壺の脇で毎日考えるのだ。いいな」

これだけ言い渡すと、師は再び山径の方へロバを向けた。


これが、三郎に与えられた初めての瞑想の命題であった。しかしこれは、三郎にとっては大変な難題であった。何からどう考えていってていいのか見当すらつかない。しかし、師の方はそれ以上の誘導はしてくれなかった。

ところが、それを念頭に置いて毎日滝の音に打たれていると、いつしか理屈は消え、師の求めている答えの方へ自然に心が向いていったのである。迷妄の厚い壁が消え去り、魂の夜明けが訪れるのも、そう遠い将来のことではなかったのである。

われいずこより来り、いずこに行かんとす、何の事情ありて、この現象世界に生まれ来しや。結局は、瞑想そのものが回答をもたらしていったのだが、

「無理に考えようとしなくともいいぞ。そのうち、今までのお前の経験したこと、体験したことが、きっとお前を導いてくれる」

という師の言葉どおり、三郎のさまざまな人生体験が、心の中に躍り出ては、それが思索を前進させてくれたのである。

十一　三日三晩の眠り

「人間というものは、とかく意味もなく死を恐れるものだ」

ふっとカリアッパ師は、ひとりごとのように言った。はっとなって、思わず三郎は師の顔を見た。いつものように峠での休み時、二人は腰を並べて遠くの山々に見入っていたのである。師はじっと前を見据えたまま表情は少しも変えていなかった。だが、この一語は三郎の胸を深く抉《えぐ》っていた。そんな三郎に、師はさらに追い討ちをかけるように言ったのである。

「どうやらお前も、その一人のようだね」

「はい」

小さい声で三郎は答えた。だが、三郎の心は大きく動揺していた。心の底を見透かされた恥じらいと、そんな情けない男であったかと師に判定された屈辱の思いが、震えるように微かな声となっていた。

実際それは男子としてもっとも恥ずべきこととされていた。三郎も、幼い頃から武士道的な養育を受けてきただけに、死を恐れるなど男としてあるまじきこと、との心は強く根づいていた。もっとも、明治の時代というのは、ひとり三郎の家のみならず、どこの家でも多かれ少なかれそうした養育はあったものである。

　まして、それをほかの人から指摘されるなどもってのほかであった。三郎が顔も上げられぬほどの強く屈辱に打たれるのも、けだし当然であった。

「しかしな、どんなに心配しても気にかけても、人間、この世に生をうけたからには一度は死ななければならない。それが天の摂理だ、それは分かっているだろうなあ」

「はい、分かっています」

「そうか、そうだろうなあ。人間は皆、生まれ落ちたその瞬間に、いつかは死にます、それまで生かしていただきます、こう天に向かって約束をしたわけだ、そうだろう」

「…………」

「それが分かっているなら、何も今さら死を恐れたり、気にすることはないではないか。気にしていても、死ぬ時がくれば死ななければならない。また気にしないでいても、やっぱり死ぬ時がくれば死ぬ。同じ死ぬなら、気にしないでいた方が気楽でいいだろう」

　そう言われれば、まことにもってそのとおりなのだが、分かっていながらもどうしても気になる。ふっと思うだけでもすべてが暗黒となってしまうのであった。

「いいか、ここで一所懸命修行をして、病も治り心の目も開けたとする。病は必ず治る。治る見込みのない人間を、私はわざわざカイロから連れて来るわけないだろう」

三郎もこの頃では、あるいは治るかもしれぬ、との気にはなっていた。しかし、師の言うような確信あるものとはほど遠い。

「病は治る。治るけれど、それでも時がくれば死ぬのだよ。私の手もとで死ななくとも、丈夫になって日本へ帰ったら永劫万代死なない、そういうわけにはいかないだろう。どこでいつ死ぬかは分からないが、必ず死ぬのだ」

「………」

「それなのに、死にもしないうちから、死ぬことを気にやむなんて無駄ではないか。いや、無駄以上に滑稽だよ」

師の痛烈な言葉は、遠慮会釈なく三郎の胸を抉《えぐ》っていく。しかし、その残酷さと深い恥じらいの中にも、三郎の心の中には不思議な安堵が芽生えていた。それは、今まで長い間、誰にも言いえず、ひとり苦悩していたことが、とにもかくにもこうして話題となっているからである。

恥であると同時に、触れるのが恐ろしいという一面もあった。ところが、互いに死を口にすることによって、その負担はいくらかでも軽減されたのであろうか。三郎は、死を論ずることにむしろ魅力と淡い期待さえ抱いていた。ほんのわずかな時の間に、三郎の心はさまざまな変化をきたしていた。

「でも、この気持ちは丈夫な人には分からないような気がします。私も病が重くなるまでは、思ってもみなかったことなんです」

「ほう……」

師は初めて三郎の方を向いた。

「でも、病が重くなるとどうしても考えます。気にすまいとは思っても、気にせずにはいられないものなのです」

正直に三郎はそれを口にした。もはや、妙に突っぱった気持ちはなくなっていた。しかし、高齢とは言え、カリアッパ師は病ひとつしたことのない人間である。そういう人に、重い病を抱え、現実に死の影がちらついてきた時の心情など、とうてい理解することはできまい、という虚しさもあった。

それは、病にかかる以前の自分を考えても充分言いうることであった。それだけに、師がいとも簡単に割り切ったように言うのも、ある程度理解できるのであった。もし自分が師の立場であったとしても、やはり同じようなことを言ったかもしれぬ。

しかし、実際には、死への恐怖というものはそんななまやさしいものではなかった。不気味な暗黒の中へまるで呑み込まれていくような、もっともっとすさまじいものであった。とても経験した者でなければ分からない。そんな諦めからか、三郎は、師との心の隔たりと、人間の孤独も思わずにはいられなかった。

だが、そんな三郎でも、戦場ではいく度も土壇場を経験しているのであった。とても生きては帰れぬ、という覚悟もできていた。そして、明日なき命と実感しながらも、少しも死を恐れるという気は湧いてこなかったのである。この辺も三郎はいく度も考えた。

あの時はこんな憐れな自分ではなかった。死と背中合わせの日々であるにもかかわらず、死など恐ろしくはなかったではないか、と自分を叱咤してみるのであったが、駄目であった。同じ死との対決であるにもかかわらず、条件が変わるとこうも違ってくるのか、と三郎は嘆くのであったが、どうにもならなかった。

確かに、戦場というところは闘争の場であり、殺すか殺されるかという緊迫感と猛り狂った異常性とがある。また使命感もある。平和な世に、しかも病の床で死を見つめるのとでは、天地ほどの差があったのである。

「お前は、以前にもその病がとても重くなったことがある、そう言ったねえ」

「はい」

「その時『もう駄目だ。もう助からないだろう』そうは思わなかったか?」

「それは思いました。いよいよだな、と覚悟したものです」

喀血が重なり、急激に体の衰えを感じとったあの時のことを、三郎はつい昨日のことのように記憶していた。しかしそれでも、元来丈夫な体であったためか、何とかその危機は乗り越えることができたのである。

「それと、戦争の時にも、何やらそういう体験をしたことがある、と言っていたな」

「はい、そうです。戦争では、二度か三度、そんなことがありました」

「ほう……まことに貴重な体験だねえ。それなら『その時、自分は死んでしまったのだ』と、そうは思えないかな？」

「………」

実は、そのように思ったこともあったのである。どうせ戦争で死んだ人間じゃないか。何を今さら恐れるのだ、と思い込もうとしたのであったが、これも失敗であった。理の方はともかく、恐怖の心はそんな理屈に構わず、三郎をただただ脅かすのであった。

「いく度もそのようなことを経験しながら、しかもそのたびにお前は浮かび上がってこられたのだろう？」

「はい」

「そうだな。だから今、こうして生きていられるわけだ」

「………」

「しかし、お前の心の中には、その浮かび上がってきたことだけが残っていて、大事な、『その時死んでいたら』という方は残っていない。もしそれを本当に考えるなら、現在こうして生きていられることが、もう不思議以上にありがたく感ぜられるのだが、お前はそれを考えない。だから、死ぬことなんかを恐れるようになるのだ」

また、静寂が二人を包んだ。そして、ものうげに蟬が唸るような声を出して鳴きはじめた。

「そうすれば、死ぬのは厭だ、死ぬのは恐ろしい、そんな情けない気持ちだけが残るのは当然なのだ」

分かるような気はするのだが、どうも釈然としない。それが三郎の本当のところであった。しばらく沈黙がつづいたが、カリアッパ師は再び静かに口を開いた。

「その、もう駄目だ、ということを味わった時のことをもう一度想い出してごらん。その時も、夜になったらやはり寝ただろう？」

「えっ……？　……それは、寝ました」

「それで、次の朝がくるね」

「はい」

「その時、目が覚めた時だな、どんな気がした？」

「えっ……？」

「ああ、生きている。そうは思わなかったか？」

「はい……別に」

「昨日は危ういところだった。でも助かってこうして生きているのだ。ありがたいなという気分にはならなかったかと、聞いているのだ」

「はい、とくにそうは思いませんでした」

さまざまに思いをめぐらしてみても、三郎にはそのような記憶はどこにもない。そんな三郎に、師は語を強めて言った。

「本当にお前は罰当たりだ。そういう大事な、感じなければいけないことには感じないのだね、お前という人間は。だから今こうして生きていられることも、当たり前のように自分では思っているのだ」

「………？」

「どうだ、もう少し死というものを正当に捉えなおしてみないか。でないと、お前のような分からず屋には、いくら言っても通じないからな」

「………」

「あのな、死は目の覚めない眠り、つまり、『永遠《とわ》の眠り』と言うねえ」

カリアッパ師は、流暢な英語を使っている。永遠の眠りという語は、英語でも日本語でもまったく同じであった。

「その時の状態は、何も知らずによく眠っている時と、まったく同じだろう」

「はい」

「とすればだ、よく眠っている時は、死んでいる時と同じだ、ということになる。つまりわれわれ人間は毎晩寝ているわけだが、それはそのまま、毎日死んでいるのだ、と言いかえることもできるわけだ」

「………？」

「要するに、目の覚めない眠りの練習を、毎晩しているようなものだ」

「…………」

「もっとはっきり言うと、人間は、いいか、毎晩死んで毎朝生き返っている」

「…………？」

「ただ、永遠の眠りと毎晩の眠りとでは、明らかに一つの違いがある。それは、毎晩の眠りには命があるが、永遠の方には命がない。そうだろう」

「はい、そうですね」

「しかし、その命があるとかないとかという判断は、誰がするのだ？」

「…………？」

「この眠りには命がある。この眠りには命がない。そう判断するわけだな。その判断は誰がするのか、と聞いているのだ」

「…………？」

「お前が眠っているとする。すると、『よく寝ている』と思うのは、お前自身かね」

「いいえ、そんな……」

「そうだろう。眠っている人間がそんなことを思うわけがない。思ったとしたら、それは寝ていない証拠だ」

三郎は深くうなずいた。

「とすれば、永遠の眠りと、普通の眠りの違いを知るのは、本人ではない。周囲の者がそう判定するのだね」

「はい」

「第一な、前後も知らずぐっすりと寝込んでいる人間にとって、その眠りに命があるかないか、そんなことは関係ないだろう」

「………?」

「それともお前は、寝ている時に、『今よく眠っているけど、それでも命がある、生きているんだ』なんて思ったことがあるか?」

「いえ……そんな……」

「そうだろう。実は昨夜もな、お前と一緒にいる羊が小屋の外へ出てしまってな、それでなかなか捕まらないというので、私が行って小屋の中へ入れてやったのだ。豹に襲われても、かわいそうだからねえ。その時お前はよく眠っていたよ。だから、昨夜のことは何も知らないだろう」

「はい。そんなことがあったのですか。まったく知りませんでした」

「とすればだ、本当に死ぬのが恐ろしいなら、毎晩寝るのだって恐ろしいはずだ。今、言ったことからすればな」

うなずく三郎ではあったが、これもまだまだ、充分なる得心というにはほど遠い。

「ところがお前は、寝ることは少しも恐れていない。それどころか、むしろ楽しんでいるじゃないか。そうだろう」

「はあ……」

「私が、もういいから小屋へ帰って寝ろ、そう言うと、お前は実に嬉しそうに帰って行く。しかし、厳密に言えば、眠るのも死ぬのも結局は同じことなのだ。それを、一方は恐れ、一方は楽しむ。どうかね、よく考えてみると、それはおかしいだろう」

「う……ん」

と三郎は唸った。そうは言われても、というのが実感であった。

「それとも、あれかな。永遠は長すぎるから厭だ、とでも言うのかな」

「………？」

「もしそんなことを考えたとしたら、それは大きな間違いだ。なぜなら、それは、眠りの中には時の流れというものはないからなのだ。時という観念は、心の働きがあってこそ、初めて提起される問題であって、眠っている人間には時の流れなどないのだ」

「………」

「よく寝たとか、ずいぶん寝てしまったなんて思うのは、目覚めた後、心の働きが生じ、肉体の感覚が感じられるようになって、初めて起こる現象だろう」

三郎は窮地に追い込まれていた。師の言うところはすべて理に適っている。だから、本当なら死への恐怖はなくなったと、実感できなければならないのだが、それも湧いてはこない。

「どうかね。眠りに時の流れがないとすれば、一夜の眠りであろうと、永遠の眠りであろうと、眠りにその違いはない。その合点がゆくなら、死など少しも恐ろしくはない」

確かにそのとおりである。だが、三郎の胸の中には、こんなことくらいで死への恐怖がなくなるわけがない、とのこだわりがあった。そんな簡単なものではない、いや、自分の抱いてきた恐怖は、そんな安っぽいものであってはならない、と抵抗するのであった。

「結局は、ただ、思い方考え方の違いでしかない。それが死への恐怖というものなのだ」

カリアッパ師はそう言うと、脇にいるロバの首を軽く叩いた。そして、柔和な眼差しで、満足げに遠くの山々に目をくれていった。

師の話が途切れ、静けさに再び二人は包まれていたが、その時、ふっと三郎はある事柄を想い出していた。それは戦場でのことであったが、偵察のため高い楼門の上に登って行った時のことであった。

双眼鏡で周囲を見まわしていると、不意に銃声が起こり、弾が耳もとをかすっていったのである。正確な狙撃だ、と直観した三郎は、その高い楼門の上から、ぱっと跳び降りてしまった。それ以外に逃げ場がまったくなかったからであるが、それにしても、無謀としか言いようのない行為であった。

だが幸いにも、ちょうどその下には、刈り穫ったばかりの高粱《コーリヤン》がうず高く積み上げられていて、三郎はその上に叩きつけられるように落ちたのである。これがなければどうなったか分からないが、とにかくこのお蔭で命だけは助かった。

「気がつきましたか」

という、声が聞こえた。いつの間にか、三郎はうっすらと目を開けていたのだが、それでも頭は朦朧《もうろう》としているし、それが部下の声であるということも、初めのうちは分からなかった。

「ああ、よかった。もう三日もたっているんですよ。一時は、駄目かと思いました」

そう言われても、まだ三郎は何のことやら分からなかった。だが、少しずつ記憶を取りもどしたのである。それでもまだ部下が心配してくれている、ということは分かっても、三日もたっているというのはもちろん、なぜここに寝ているのか、ということすら分からなかった。


カリアッパ師は、何かを模索している三郎を、そっと見守っていたが、三郎はそれにも気づかず、鮮明に想い出した、あの時のことを懸命に追っていた。

「だいたい無茶ですよ。あんなところから、いきなり跳び降りるなんて」

「跳び降りた……?」

「あれっ、覚えていないのですか? しっかりしてくださいよ」

そう言われて三郎は、少しずつ記憶を取りもどした。そうだ、狙われたと思った瞬間、跳び降りたのだ。でも、体にひどい衝撃を感じた、その先からが分からない。

「しかし、待てよ。あれから三日もたっているのか?」

「そうです。あの時は、ちょうど夕暮れ時でしたから、まる三日三晩です」

それはまったく信じられぬことであった。あの時の状況は、部下の話に誘導され、間もなくすべてを想い出し、よく助かったものだとの実感も味わえた。しかし、三日も意識不明であったというのはどうにも解せなかった。どうしても、

〈ほんのわずかな間、気を失っていた〉

としか、思えなかったのである。

〈部下が心配していたように、もしあの時、あのまま意識がもどらなかったとしたら……〉

実際、その可能性は充分あったのである。部下が、昏々《こんこん》と眠りつづける三郎を見て、「もう駄目なのか」と思うのも無理はなかった。三郎はこの一言を何度も心の中で繰り返した。そして、〈三日三晩という長い時の流れがあったと言うのだが、それは言われて初めて知ることであって、自分にとっては、ほんのわずかな間気を失っていたとしか思えないのだが……〉

と、あの時味わった不思議な気分を心の中で再現していった。

〈あれが、半日か一日であっても、あるいは十日、二十日とつづいても、目覚めた時は同じだろう。いやかりに、一カ月、二カ月つづいたとて、同じことなのだ〉

カリアッパ師の言うとおり、眠りの中に時の流れというものはなかったのである。ただ、脇で気を揉んでいた部下にとっては、長い長い三日三晩であったにちがいない。やはり、生きている

人間、そして目覚めて意識のある人間には、常に時の流れがある。だが、眠りの中にはそれがない。

〈もし、あのまま息が絶えていたら……〉

それでも同じであった。ただの眠りであろうと、意識を失っていたのであろうと、はたまた目の覚めない永眠であろうと、どちらにしても、確かに時の流れはない。どう考えても、時というものは目が覚めないかぎり出てこないのだ。

しかし、そうは言っても、やはり目の覚めない眠り、永遠となると、恐ろしさは拭いきれぬ。二度と目が覚めないということへの怖れだろうか。だが、覚めないかぎり時は存在しないのだから、これはどこまでいってもたんなる感情か。ありもしないものに対し、恐怖を抱いているという、考え方の間違いということになるのか。

結局、自分の死と、自分以外の人の死とは、そもそも本質的に違う、ということなのだ。あの時、そのまま死んでいたとしたら、もちろん部下は悲しんだであろう。長い間、生死をともにしてきた仲である。そして、涙ながらに荼毘《だび》にふしたかもしれぬ。

彼は、炎の中に置かれた遺体を見て、人生の無常を感じたかもしれぬ。死というものの恐ろしさを思ったかもしれぬ。いや、そうにちがいない。とくに戦場では、誰もが明日はわが身なのである。もっとも戦場ならずとも、明日はわが身となることには変わりがない。いずれ人間、必ずその道をたどるのだから。

この辺で、人間は自分の死と、自分以外の人の死とを重ね合わせてしまうのではないか。人の死を看取ることによって、それをそのまま自分の死と直結させてしまうのだ。とすれば、当然これは恐ろしくなる。しかも、一度ならず、いく度もそうした体験をさせられて、そのたびに、恐怖のもととなる感情が心の中に強く植えつけられていくのだ。

だが、正確に死というものを捉えていけば、カリアッパ師の言うとおり、荼毗にふされようが、埋葬されようが、そんなことは自分とはまったく関係ない。自分はあくまでも深い眠りの中に安住しているだけなのだ。それでもこわいというのは理に合わぬ。ありもしないものを想定し、こわいこわいと言っているようでは、どこまでいっても水かけ論でしかない。

十二　生きる歓び

「こうしてわれわれは、草の上に腰を下ろし、素晴らしい山を眺めている。そして、死と生という、人間として認識していなければならない重要な事柄を語り合った」

カリアッパ師は、優しい笑みを浮かべながら、脇の三郎に再び語りかけた。はや三郎には充分なる時が与えられたからである。

「こうした幸せな一時を送っているのだが、もう一つ大事なことを聞こうかな」

師が何を言おうとするのか、と三郎は緊張した。

「今現在だね、お前は、自分が生きてこの世にあるのだ、ということを感じとっているかな?」

「えっ……?」

思わず三郎は聞き返した。

「いやな、今現在だよ、自分は生きているのだ、と実感しているかと聞いているのだ」

「…………?」

返答に窮した三郎を見て、カリアッパ師はさらにつづけた。

「この前もちょっと言ったね。人間というものはな、たとえ生きていてもだ、その生きていることを実感していないと、その人は死んでいるのと同じことなのだ。そこが大事なところだ」

「………?」

「それはな、お前のように、胸に病を持っていれば、確かに生きづらいだろう。それは私にもよく分かる。息苦しいこともあるだろうし、熱が出れば気分も悪いだろう」

「………」

「しかしな。そういう苦しさ辛さがあるのも、生きていればこそではないのか」

「………」

「たとえ病があろうと、どうあろうと、とにかく今、お前はこうして生きているではないか。そうだろう」

「はい。それはそうですが……」

「何かまだ言いたげだなあ。しかし、お前が時折り愚痴っているように、お前の体は、いつ死んだとて、不思議はないはずだ」

三郎は大きくうなずいた。

「それなら、なおのことだ。今ここで、血を吐いて死んでしまったとしたらどうする。それでも誰にも文句は言えないだろう」

「……………」

「そういう状況に置かれながらも、お前はなおかつ生きていられるのだ。いや、生かされているのだよ」

「……………」

「今死んでも文句の言えない人間が、こうして草の上に坐って、見事な雪山を眺めている。お前は、そのありがたさを感じないのか？」

「……………」

「不思議だなあ。ありがたいなあ。何があっても自分は生きているのだ、そうは思わないか？」

三郎は、自分が何か大きな過ちを犯していた、という気分になっていたが、なおも師の言葉に食い入るように耳を傾けていった。

「今日も一日生きていられる。そうだろう。ところが、今までのお前は、生きているのが当たり前だ、と言わんばかりだ。しかし、そんな権利を主張するような資格は、お前にはない。いやあ、そんな資格は、人間、誰にもあるものではない」

「……………」

「生きているのが当たり前だ、なんて思っているから、あれこれと不平や不満が出てくるのだ」

当然とまでは思っていなかった、そう思うのだが、それでも不満がつのってくるというのは、やはり、そう思い込んでいたのかもしれない、と三郎はおのれの心の中をまさぐってみる。

「分からないかな。自分だけこんな病にかかるなんて、といつぞやお前は、そうこぼしたことがあるだろう」

「はい」

「それだ。生きていられるのを、当然の権利と思うから、そんな不遜な言葉が口をついて出てくる」

「………」

「お前も、多少は学問とやらをかじった人間だ。少しは分かるだろう。生きづらいとか、心に負担を感ずるなどというのは、結局はお前自身の思い方、考え方の間違いにあるのだ」

「………」

「もう一度言うぞ。『いつ死んでも文句の言えないような人間が、今日もこうして生きていられる。何と素晴らしいことだ』と、まっとうな方へ心を振り向けなさい」

「………」

「それができるなら、少々熱があろうが、具合いが悪かろうが、『ああ、私は生きている』と、生きていることへの感激が、お前を包み込んでくれる」

「………」

「そこには、不幸はあってなきがごとし。人間の幸不幸というものは、その瞬間瞬間のその人の思い方、考え方にあるのだ」

「…………」

「病があろうが、不幸な出来事に遭おうが、それらが人間の幸不幸を決めるのではない。生きていられる歓びの中には、不幸や悩みなどというものは存在しない」

三郎の両眼には、いつしか熱い涙が溢れ出ていた。師は、そんな三郎を愛《いと》おしむように、明るい大きな声で言ったのである。

「少しは分かったようだな。さ、これからは、たとえ身の上に何が起ころうと、どんな境遇に置かれようと、心だけは生きていられることを思い、その感動で生きていくのだ」

次々と聞かされる思いもよらぬ言葉ではあったが、三郎は思わずうなずいていた。

「そうしてこそ、天は奇蹟を与えてくれる。いやこれも、本当は奇蹟ではないのだが、病だって必ず好転する。そういうように大自然の仕組みはできているのだからな。しかし、そんな奇蹟は起きても起きなくてもよい。その瞬間瞬間、その人の生命が甦《よみがえ》っていくのだから、それで充分なのだ。その瞬間こそ永遠の命だ。つまらぬ生き方で、いくら長く生きても、何にもならないからな」

ヒマラヤの空はどこまでも碧く、そして澄んでいた。そして、そのただ中を白い浮雲が一つ、二つと流れていったのである。

人は死して大自然に還る。いっさいが空《くう》に帰するのである。空は絶対の世界、実在の世界である。これをして、宗教では神と言い、また仏と呼ぶ。この世の森羅万象いっさいはここから生ずる。生命も、森も山も、すべての物という物がこの実在の世界から生まれてくる。

だからこそ、空《くう》とは言えど空ならず、絶対の充実であり、力《エネルギー》の満ち満ちた創造の根源である。その昔、梁《りょう》の武帝（四六四―五四九）は、菩提達磨《ぼだいだるま》（?―五二八）を招いてこのことを問うたのである。いったいこの世の大根大元は何だろう。

「如何《いか》なるか是《こ》れ聖諦《しょうたい》第一義」

この問いに、達磨は言下に答えて曰《いわ》く、

「廓然無聖《かくねんむしょう》」

何もないのだ。つまり、無こそいっさいの根元なのだ、と答えたのである。これが禅における無の哲学であり、今日、日本の禅寺でも無の公案は必ず出されるし、無の一字が額になっているのは、誰もが目にするところである。

千五百年も前の禅の開祖達磨が示したこの無の哲学は、現代社会においても依然として健在なのである。しかしながら、思想哲学というものは、その表現がきわめてむずかしい。まして達磨はインドの人間であり、海路中国へ渡ってからも、修行専一の日々であったことを併せ考えると、達磨がどれほど中国の言葉になじんでいたか、まことに心もとない思いがする。

その達磨が、無という文字を森羅万象の源として使用したのだから、文字にとらわれてしまってはその本質をつかみがたい。また達磨は、中国で行を完成させたと言っても、中国へ渡る以前に、母国インドでかなりの行を積んでいるのである。当然それは、ヨーガ哲学の流れをくむ。

とにかく人間は、太古の昔から、それへの想いを馳せ、この森羅万象、大宇宙は、いったい何からできているのか、誰が創ったのか、人間の命というものはいったいどのようなものなのか、と考えつづけてきたのである。

そして、それに対する解答が「無」だったわけである。達磨は、九年間坐りきって、ぱっと直観した。この世も命も、いっさいがその本質は無。しかしこれは、明澄なる心が捉えた直観であるだけに、おおかたの人にはよく分からない。とくに科学的な教育を受けている現代人にとっては、この哲学的な思索というものは、もっとも苦手なものの一つである。そこで今度は、これを科学の目をもって見てみることにしよう。

人間の肉体は無数の細胞でできている。そして、その細胞は、水をはじめとする無機質と、蛋白質などの有機質で作られている。またもっとも多い、その水分で言えば、分子構造も明らかであるし、さらにそれを構成するのが原子だということも分かっている。

今日では誰でも教わっているこれらの事柄も、原子が発見された当時は、これこそが物質を構成する究極の粒子だと驚喜したものであった。ところが、日ならずして、その原子の中には、それらを構成する陽子などの、さらに微小な粒子が存在することが分かり、原子はこの世を成す究極の粒子ではなくなってしまった。

そして現在では、さらに一歩進んで、素粒子の段階まできているのだが、これとて、これまでの経過からすれば、さらにそれを構成する超極微粒子が、いつ発見されるか分からない。もちろん、原子・素粒子の段階ですら、人間の目で捉えることはできないし、触れてその存在を確かめることもできない。

科学は日進月歩であるから、そう考えるのが当然だが、そうなると、もはやそれらの因子は物質とは言いがたい。むしろ、光や電気を構成する因子と同じように一つの力《エネルギー》と言った方がいい。われわれの肉体も、またこの大宇宙も、さまざまな形や色をなしてはいるものの、実態かくのごとしなのである。

科学の場合は、たとえ想定された仮説であっても、実験によってその正否を確認されなければならない。湯川秀樹博士が、ある日突然、

「こういうものが、原子の中に存在するはずだ」

と、気づいた。それを中間子とかりに名づけたのだが、後にこれが確認されることになる。

しかし、哲学の方は、実験や実証という手つづきを必要としないから、優れた人間の独断によって進められていく。それだけに、時には妙な論も入る余地があるのだが、やはりそれなりの普遍性と妥当性のあるものだけが、歴史の中に残っていく。

カリアッパ師の死に対する定観も、達磨の無字も、その性質上、それをよしとする人もいれば、またついていけぬという人もいる。その選択は自由である。

そして、ヨーガ哲学では、この世のもとを宇宙の精気《スピリット》と呼んだ。あるいは宇宙の霊気、宇宙霊

と言ってもよい。日本語には多くの形容があるから、どう訳すもよいが、訳し方によっては宗教的な表現にはなるが、神と言ってもよいし、仏と言っても構わない。もっともヨーガ哲学には、いわゆる神という概念はないのだが、哲学的な意味での神であり、達磨の無とまったく同じである。

したがって、神仏はあくまで自身を含めたこの世の根源に対しての崇拝であり、形式はどうあれ、それを具象化した建物なり象徴なりに対して、崇め尊び、また合掌する。しかし合掌も、敬意を体で表わす方法の一つであり、それ以上のものではない。

わずかな賽銭を投じて、自己の利益追求と願望の達成を念じて手を合わせるのでは、何のことはない、ただの取引で、そのような都合のよい神仏などこの世には存在しない。神と尊ぶべきものであって、依頼するものではない。また、天は自ら助くる者を助く、これが神の心でもある。強いて祈るなら、世の安寧と人々の幸せくらいであり、これなら神の意に適うものである。

大宇宙の根源を語ることから一転して、次に小宇宙とも言うべき、人間個の問題に還ると、生命の神秘についても、古来から哲人賢者がさまざまに想いをめぐらしてきた。

そして、この生命の謎に対しては、科学の方では依然としてこれを解明しえないでいる。その機能については、多く解明しえたのだが。

たとえば、心臓が動いているから生きていられる。その動きの機能《メカニズム》はよく分かるのだが、なぜ心臓が動いているのかは分からない。何の力《エネルギー》によって動いているのか、これが分からないのである。

ヨーガ哲学は、宇宙創造の源となっている前述の気、宇宙の精気、霊気の一部、あるいは分派と言ってもよいが、それが個なる生命を活かしている、と断定する。そして、その命と言ってもいい、霊魂と称してもよい、呼び方はどうでもよいが、とにかくその気《エネルギー》が肉体から離れた時に、死を迎える。

ちょうど、電源を切られた電動機が瞬時にして止まる、それと同じである。生体に働く何らかの力《エネルギー》があってこそ、心臓も動けば大脳の離合集散運動もなされる。この一点は否定のしようがないのだが、その力たるや、いったい何であるのか、それが分からないだけである。

しかし、細部のことは大分明らかにされている。眼球に映像が生じると、それを電流変化として、神経という線を通して大脳に送る。そこで再映像化され、それが何であるかを判断する。まるで今日の電送装置《ファクシミリ》さながらであることはまことに興味深いが、それらの働きをなすのが静電気の一種というところまでこぎつけている。電送装置《ファクシミリ》も、電源を絶たれたらそれで終わりである。

それでは、いったい誰がこの生命の電源を入れたり切ったりするのか。それこそ、神の思召《おぼしめし》としか言いようがないのだが、その命と言い、また霊魂とも言ってよいこの命、つまりわれわれを生かしている力《エネルギー》が肉体を離れ、母なる無の世界に帰一《きいつ》し同化していく、これが死である。

そこは、人智の遠くおよばざる絶対無の世界である。したがって、喜怒哀楽の感情はもちろん、地獄極楽という相対的な現象世界において演ぜられるような、そうしたものはそれこそ絶対にない。ただただあるものは無限の無のみである。

これが大宇宙と個なる生命への哲学であり、生命観なのである。これはヨーガ哲学や禅のみならず、東洋における代表的な叡智と言われている。しかしながら、これに徹するのは容易ではなく、したがって、こうと分かっても、この生死観に安住できぬというきらいがある。それは、もう一つ感情がひとり歩きして、死を感情的に捉えて恐れる、という傾向がどうしても残るからである。

そこで、次にはこの感情について、今一つ踏み込んでみよう。

感情というのは、生きた人間が心に抱く。恐れたり、悲しんだり、不安におののいたり、かと思うと喜び楽しみ、生きることの味わいをかみしめてみたり、人間の持つ心というものは実に幅広いものがあるし、また変化も複雑である。

だが、これら心の働きも生きていればこそで、言うなれば、相対の世界にあればこそなのである。一方、絶対の世界というものはあくまでも絶対の世界で、あるべき姿はただ一つ、物質としての姿もなければ、色もなければ、香りもない。

ましてや、絶対の世界には悪もなければ善もない。いわんや、喜怒哀楽などの感情などは入り込む余地すらない。だからこそ、真の我たる霊魂は永遠に不滅であり、また水火侵し能《あた》わざる絶対性を持つ。

この認識に確たるものがないと、とかく生きた相対の世界をもって死後の絶対の世界を計るという大きな間違いを起こす。そして、そこから怖れが生じてくる。時には、絶対の世界へと今現在の生きている人間を延長し、あたかもそこに、またの人生があるかのように思ったりする。

それは、生きた人間を善導するための方便として、あの世の地獄極楽を説いたことは事実である。しかし昔は、ほとんどの人々が文盲で、理路整然と道を説いてもなかなかついてこられないから、これもまたやむをえざる仕儀だったのである。

しかし、今日では、まともにそれを思う人はいないだろうが、それでも人間の心というのは微妙なもので、この来世思想の残滓《ざんさい》は心のどこかに残っているのかもしれない。また近年とみに、この死後の世界をさまざまに語る人がいるのも実に妙な現象である。確かにこの世の中には、科学的に不明の現象は多いのだが、さりとて科学を否定するようなことが少しでもあったなら、人類が営々として築き上げてきた文化というものが根底から崩れてしまう。

科学と哲学はけっして相敵するものではない。むしろ互いに補っていくべき性質のものだが、この両者の枠をはみ出した論議には心していきたいものだ。と言うのは、それがいたずらに死への恐怖を昂《たか》めることにもなりかねないからである。

それはともかく、絶対と相対の両者に対する認識不足は、心の中に思わぬ隙を生み、それが心理的な現象としての死への恐怖を育んでいく。

「悪いことをすると、死んでからこんな目に遭うんだよ」

と、幼い時に地獄絵を見せられる。それは寺の片隅に飾られているものだが、幼い心には、針の山やら、叩かれて血を流しているそのすさまじさには強い恐怖を感ずる。いく度か同じような体験をしても、それは大きくなったら忘れ去ってしまうのだが、その時感じた恐ろしさは、少なくとも心の奥底に焼きつけられていく。あるいは、年端《としは》もゆかぬ幼児であったなら、隠蔽《いんぺい》記憶の一つとして残っていくこともあるであろう。

そして次には、子供の頃から家族や友人知己を失い、その死を看取る体験も重ねられていく。おおかたは、祖父母や、時には親兄弟であったりするが、死者の顔というのは本来不気味なものである。それは生きていた頃とくらべるからでもあろうが、実に残酷で無惨なものであることは事実である。まして肉親とあらば、自分の生とのかかわり合いも深いからよりいっそうである。

さらには葬儀での悲しみから火葬場での体験と、一連の行事はつづけられていく。あの火葬場の扉が重々しく閉められる時などは、ともすると生身の自分と置き換えたりしかねない。だからこそあの独特な音と雰囲気が気重く、点火の音などは地獄絵そのものとなって撥ね返ってくる。また、そうでなくとも人間は誰しも死にたくない。生きていたいという生命の有する本能的な願望は強烈なものがある。いつかは死ななければならないと分かっていても、こうした死にまつわる一連の行事は、その願望と絡み合って、複雑な印象を心に与えていく。それは意識するしないにかかわらずである。

生死の定観を欠くところに、これらの感情的な死にまつわる体験をしていくのだから、感情としての死への恐怖が独走していくのも無理はないのである。だから、火葬場の竈《かまど》の中で、ふって気づいて、「出してくれ」などと大声を上げたところでふっと目が覚める。「ああ夢だったか……」などと思わず汗を拭ったりする現象まで、時には心に現われてくる。

絶対と相対の二つを混同して、心の奥底に恐怖を植えつけていった一つの証なのだが、そうした心の隙を作らぬように、やはり人間は、日頃から生死に対する自分なりの哲学を持つべきなのである。

そうしていても、なおかつ潜在意識に長い間積み重ねた感情は、時に心を掻き乱すことになりかねないのである。いや、当然あることだからこそ、定観、諦観どちらでもよいがそれが必要となってくる。

とくに、癌などの場合、逃げることなく、やはり正面から取り組んでいくべきで、一時的には心が千々《ちぢ》に乱れ、いかんともなしがたい状況に追い込まれたとしても、人間の心の特性として、そう長い間、最悪の状態がつづくものではない。必ず静かに自分を見つめる心境は出てくるものである。

それは、ホスピスなどの人々の経過を知るにつけ、よりいっそうその感を深くするのだが、当初は大きな衝撃を受けるのは確かだが、それもだいたい一週間ほどで自分を取りもどしている。

そうなれば、本人を中心として、医師と家族が一体となり、治療に専念できるし、また治療の効果は期待できなくとも、延命や患部の除去についても積極的に語り合える。これなら人生の最後の部分をそれなりの意義を持って生きられるし、本当に自分の人生という実感も味わえよう。

しかし、告知しないとなると、互いに演技をしなければならないから、心の負担は双方ともに二重となり、むしろ残酷である。それも、隠しおおせるならそれでもよいが、今日では誰もが常識としてかなりの知識を持っている。制癌剤などは、使えば分からぬ人はあまりいないし、放射線治療とて同じである。

いいや、それよりも人間は、自分の命に対してはきわめて敏感で、たとえ知識はなくとも、それなりの勘が働き、状況はおおかた分かるものである。しかし、それなりに気づいても、告知されていない状況の中では、それを表情に出すわけにもいかず、また癌ではないと思いたい心情も働くから、より不安定で苦しいところに追い込まれてしまう。

やはり、人生終局くらい虚でなく、実でありたい。また権利などという言葉は使いたくないが、自分の人生におけるもっとも重要な事項は、やはり知る権利がある。そして、それによって生ずる事柄は、告知した側に責任はない。それに、告知がなされないと、癌でない人までが、その不安におののくという結果をも招くことになる。

それより、たとえ末期癌であろうと、互いに現実を直視していけば、家族とも心が通じ合う。そして最期には、互いに礼を述べ合うという麗わしい光景も出現する。そうした事実を聞かされたりすると、やはりそうあるべきだとしみじみそう思う。

もちろん、告知するからには、その後をそのまま放置することは許されない。できうるかぎりの方策を講じ、話し合っていかなければなるまい。だが、医師にそれを求めるのはやはり酷である。なぜなら専門外のことであるし、第一忙しすぎる。

欧米では、その役を宗教関係者が担っているようだが、日本とて、昔からそれなりの精神文化を持ち、また死生観をも築いてきた民族なのだから、それができぬということはあるまい。

そして、それができるようになれば、家族の絆《きずな》はいっそう強固になるし、人の情の素晴らしさ、真実味というものを味わえる最後の機会となってくれるにちがいない。とにかく人間は、一つの難関に一致して当たる時には、そこに思いもかけぬ収穫が得られるものである。

まして、治る可能性のある癌であるならなおのことである。積極的に病と取り組み、また人生そのものを見なおすべき絶好の機ともなってくれる。たとえ完全には処置できなくとも、少なくともそうした正道へ向かっての歩みは進めなくてはならない。

こと死生に関しては、東洋の方が先達であるにもかかわらず、欧米の方が、一歩も二歩も進んでいるというのはいかがなものか。一日も早く追いつく程度まではなってほしいものである。

十三　生命の復活

夕陽を背に受け、今日も三郎は、カリアッパ師の後につき従い、山を下って来た。途中、峠でちょっと一服し、巨峰を一眺めすると、後はもう快適な下り道がつづく。そして最後に、丸木を何本も束ねた小橋を渡り、生け垣を抜ければ、そこにわが家がある。と言っても粗末な羊小屋ではあるが、三郎にとっては無上の憩いの場だったのである。

部落へ入ってみると、何かいつもと様子が違う。三郎は、

「何があったのかしら？」

と、訝《いぶか》った。広場の片隅や、あちこちの木の下に、何人かのヨギや女たちが肩を寄せ合い、ひそひそと囁《ささや》き合っている。だがカリアッパ師の姿を見出すと、皆いっせいにひれ伏し、部落の広場は一瞬いつもと同じ姿を取りもどした。

ロバを降りた師を見送ると、三郎は師の家の前からロバの手綱を引いて、羊小屋へと向かった。途中、老爺の姿を見出した三郎は、思わず大きく声をかけた。そして、何があったのかを聞いた

のである。この頃では、少しレプチャ語も分かるようになってはきていたが、やはり老爺の英語が一番頼りになる。

老爺の話すところによると、つい今しがた、死んだと思われていた一人のヨギが、十年ぶりにひょっこり奥山から帰って来たのだという。奥山と言うのは、三郎が瞑想をしているあの滝壺の奥で、すぐ奥が二の山、そしてさらにその奥が三の山と呼ばれていたのである。

そこは昼なお暗い原始林で、鬱蒼とした木立が山を覆い、その下には豹や虎や猪が棲み、倒木の蔭には、猛毒のコブラや雨傘蛇、鎖蛇などが潜んでいる。また湿地には、十メートル近い錦蛇《ゴア》もいるし、その上悪性のマラリア、コレラなどの病原菌もうようよしているという、まことにもって恐ろしいところなのである。

それは、すぐ南にあるタライの原始林、あの東西に延々と数百キロもつづく熱帯性降雨林だが、それとほぼ同じような状況にあり、ただわずかに高地であるだけ乾燥している。こうした森が、ヒマラヤの前衛たるマハバラータの山中にはあちこちに点在していて、それがヨギの修行地になっていたのである。

もちろん、ヨギなら誰でも入れるというわけではなく、ある一定の水準に到達した者のみが、こうした危険な山中へ入って、修行の最後の仕上げをするのである。そして、木の実や果物で命をつなぎ、たった一人で言語に絶する難行苦行に挑んでいく。

言わば、修験者の原型がここに見られるのだが、例えば深い穴を掘ってその中に入り、断食をして何日も瞑想に耽《ふけ》ったりする。時には大蛇や豹かそっとのぞき込むこともあるであろうし、中には居眠っているところを襲われて、あわれ一命を落とすということもある。だから、入山したヨギの中からは、かなり帰らぬ人も出てくるわけだが、それだけに、行を完成させ生還したとなると、その価値は高い。

また、行が完成しないまでも、何か一つの歓喜《エクスタシー》を得ると、おおかたは一度山を下り、カリアッパ師にそれを伝え、何がしかの助言を与えられ、また再び山へともどって行く。そして、何年もの間まったく帰らぬとなると、犠牲者の一人と考えられるのであった。

ところが、今しがたもどって来たヨギは、何と十年もの間、一度ももどっては来なかったのである。当然彼はすでにこの世の人ではないと思われていたのだが、それが突然ひょっこりと姿を現わしたのだから、一時部落の中は騒然となった。そして、それが一段落した時に、三郎たちが帰って来たのであった。

ヨギの得る最高の歓喜《エクスタシー》は、禅のそれと同じように、この世の実相を感得した時のそれだが、それも、その人によって高下がある。もちろん、そこまで至るヨギというのはきわめて稀《まれ》であり、これは想定だが、一つの修行地《アシユラム》でも最高の境地に達する人というのは、百年に一人出ればいい方ではなかろうか。

カリアッパ師は、そうした稀な体験者の一人であるが、どうやら帰って来たそのヨギも、かなりの神秘体験を得てきたようなのである。そして、古い昔から、こうした歓喜を得たヨギたちが、その時の感動を山中の岩などに彫りつけているのだが、それがまた行への大きな示唆となっている。

三郎が瞑想をしているあの滝壺の岩々にも、いくつかの文字が刻まれていた。それは古典サンスクリット語であり、三郎にはまったく読めないものであったが、この後三郎がある種のものをつかんだ時に、カリアッパ師はそれを読んでくれたことがあったのである。

「私は力の結晶だ」

永遠にして不滅、真なる我は、水火といえど侵すことのできぬ絶対なのだ。無限の力を有するのだ、と絶対の確信を持って主張する。

「われは今、霊智の力とともにある」

絶対から派出される無限の智、仏教では、古典サンスクリット語でプラジュニャー（般若《はんにゃ》）と呼ぶが、この最高の叡智、それと自分は一体になっているのだと言う。神とともにあり、また、弘法大姉空海言うところの同行二人、皆同義同系の表現である。

岩に刻み込まれたその文字は、いつのものか、また誰のものであるかは分からない。千年二千年、あるいはもっと前のものであるかもしれない。しかし、それらがまったく分からなくとも、その一語が命をかけて成しえた行の総決集であり、感動に打ち震える胸をそっと押さえながら、一字一字を彫り込んでいったであろうことは容易に察しがつく。まさにそれは、前章で記述した大宇宙、大自然と一体になりえた一瞬の感動であり、真の我に目覚めた者の、天に向かっての雄《お》叫《たけ》びでもあった。

禅で言う見性、われの本性を見たり、と言うのもこれだが、ただこの頃の禅寺での見性は、二年か三年修行して帰る者にもこの言葉を使ったりすることもあるようだが、こうなると一種の資格か卒業証書のようなもので、本来の意義とはほど遠い。やはり、達磨や道元の心を想い、あまり安売りはしてほしくないものである。

しかしそれにしても、これらの事柄はもっとも東洋的な響きを持っているが、それでは、欧米人の眼《まなこ》ではこれをどう捉えているであろうか。もっとも、神秘体験の歴史から言うと、洋の東西を明確に区別してよいか否かはなはだ疑問なのである。

旧約聖書におけるモーゼの十戒を得る場面、あれを想い浮かべても、あれはいかにも東洋的な悟りの場面であるし、もっと端的に言えば、きわめてヨーガ的な香りが高い。そして、その場である中東は東洋と欧州の中間地点であるし、昔からヨギの多いカシュミール地方とはそれほど遠くはないことも想い起こされる。

これは旧約聖書だが、新約聖書とてそうで、病人の額《ひたい》に手をのせて病を治していくというのは、ヨーガの気の思想からきている療法で、その歴史もこれまた古い。そのほか動物に対する扱いとか類似点は多いのだが、これ以上論を進めるにはその証がないからやめておこう。

いずれにしても、旧約聖書と新約聖書が、欧米の文化の一つの原点をなしているという観点からすれば、今日でこそ、東洋の文化と、その違いは際立っていると見えるのだが、その源に想いを馳せるなら、区別はきわめて困難になるというのもまことに興味深い。

そこで、現代人としての欧米人が捉えたヨーガとして、英国の代表的な作家の一人と言えるサマセット・モームの一文を紹介しよう。彼は作家でありながら、第一次大戦では諜報員として活躍し、またその後医師となり、そしてヨーガ哲学に関心を抱いてインドに渡るなど、その経歴が奇妙なほど中村三郎と似ているのである。

そのモームが、『剃刀の刃』というこれもよく知られた小説だが、その中でヨーガの歓喜《エクスタシー》について触れているのだが、今日の日本人は、科学的教育を受け、その素養たるや欧米人に近くなっているのだから、禅的な論法よりこの方に親しみを持つかもしれぬ。

僕は森の中を、長い間よく歩きました。そして、何時も腰を下す場所が一つありました。それは、そこからだと、目の前にくり展げられた山々が見え、脚の下には、黄昏になると、鹿や、野猪や、野牛や、象や、豹などの野獣の、水飲みにやってくる湖が見えたからです。

庵室へ行ってからちょうど二年たった時、僕は森の隠遁所へあがって行ったんです。そこから日の出を見ようと思いました。僕は一本の樹の下に坐って待っていました。（中略）

奇妙な心地がして、突き刺すような痛みが足の中に起こると、やがてそれが頭の上までのぼっていったんです。そして突然、僕は自分の肉体から解放され、純粋な精神となって、これまで心に抱いたこともなかった、ある美しさに参与したように感じました。僕は非常に幸福で、それはむしろ苦しいくらいでした。しかも、それはすばらしい歓喜で、それを棄てさるくらいなら、いっそ死んでもいいくらいでした。（斉藤三夫訳「新潮文庫」）

ヒマラヤ山麓で、ヨーガの行に励む小説の主人公が体験していくところであるが、やはり同じ歓喜にしても感覚中心が目につく。科学というのは、目で見、肌で確かめられる物がその研究対象となるのだが、そうした社会的土壌であると、どうしても人間の感覚が、つまり目で見える、感じるということで、ものごとを把握していく。そして、それがさらに個を中心とする思想をも育んでいく。

したがって、この一文も大変分かりやすいが、一面においてもの足りぬものが出てくる。もっとも歓喜と一語で言っても、その内容が高下があるのはもちろんだが、それでもその感は残る。

逆に、東洋の特性は、大宇宙から個の生命へと還ってくるから、たとえ小さな個といえど常に大生命が蔭にある。これは、ものの考え方すべてにそれが出ていて、同じ医学でも、東洋では哲学的に人間全体を捉えるし、さらに個の生命でも、肉体全体の歪みがその一部に証として出てくると考える。

けっして部分だけが悪いのではないとするのだが、科学としての西洋医学では、細分化した部分の追求が病理的になされていく。したがって、どうしても全体的な把握に弱いという欠陥が生じやすい。

やはり、西欧の人間は宇宙観的な個の捉え方は苦手らしい。だがその傾向は、そのまま現代の日本人にも当てはまるもので、やはり本来は哲学と科学とが互いに補っていく立場が理想であろう。ともに人類の叡智なのであるから。

禅的な表現がどうしてもむずかしい、との印象を受けるのは、これらからしても当然かもしれぬが、それ以外にあまりよい方法がないのだからやむをえない。


カリアッパ師は三郎にこう言った。それは、十年ぶりにヨギが帰って来てから数日後のことであった。

「お前は、よくよく運のよい人間だな。今日これから行なわれる行は、滅多に見られない大きな行なのだが、よい機会だから、お前にも見せてあげよう。こればかりは、自分の目で見なければ、とうてい信ずることはできないだろうからな」

師の言葉から、三郎はそれがあのヨギのことだと分かった。だが、それがどのような行であるのか見当もつかない。三郎がそれを聞くと、師は、

「一言で言えば、死んだ人間が生き返るのだ」

と、答えた。

それからしばらくの後、三郎は老爺とともに許されて、初めて集会所の中へ入った。広い土間

であった。南にある上げ窓が皆閉められているので、中は薄暗かったが、すでに多くのヨギたちが、中央を広く開け、静かに坐を組んでいた。そしてその空間には、一坪ほどの白い布が敷かれている。

やがて、カリアッパ師とともにそのヨギが入って来た。ひれ伏しながら三郎は、ちらっとそのヨギを見たのだが、かなりの齢《よわい》で、おそらく六十くらいにはなるのではないかと思った。だがもちろん、老人めいたところは少しもない。

カリアッパ師に導かれて来たそのヨギは、白布の上に坐を組むとすぐ目を瞑《つぶ》った。カリアッパ師はその正面の丸い敷物に坐った。すると、すぐ横手に控えていた若いヨギたちが、ヒューと呼ばれている小さな笛と、ジャンという鐘を鳴らしはじめた。そして、笛と鐘を鳴らしながら、一人一人と次々に立ち上がると、ヨギの坐っている白布の周囲をまわっていく。

日本にも、笙《しょう》という楽器が奈良朝の頃には入っているのだが、これも、それと同種のもので、やはりその歴史は古い。

しばらく打坐《ダーラナ》をつづけていたヨギは、そのうち両手をおもむろに挙げていった。そして、両手を自分の首筋にまわすと、おもむろに力を込め、少しずつ息をつめていったのである。ヨギの顔面は激しく紅潮していったが、それもしばし、次第に血の気が引き、やがて、ヨギの首ががっくりと前に傾いたかと思うと、その手の力も急速に失われていった。

建物の中には、極度の緊迫感が漲《みなぎ》っていた。身を固くして見守っていた三郎は、ちょうどそれが、武士の切腹の場、そしてその作法に通ずるのを感じていた。白布の上のヨギは、次第に前のめりとなり、そして、ゆっくりとその体を伏せていったのである。

するど、鐘の音、笛の音も静かになり、そしてやんだ。彼らは鐘や笛を抱えて、もとのところへもどって行った。代わって、いく人かのヨギが前に進み、息絶えたヨギの体を起こし、あおむけに寝かせると、丁寧に手足をのばしていく。そして、敷いていた白い布をそのままヨギの体に巻きつけていったのである。

表の戸が静かに開けられた。薄暗い建物の中に明るい光がさっと射し込めると同時に、何やら大きな物を御輿のように担いだ一団が、これまた静かに入って来たのである。それは、大理石を薄く彫り抜いた棺《ひつぎ》だったのである。棺がヨギのすぐ脇に置かれると、一礼して彼らは退出したが、今度は、さきのいく人かのヨギたちが、棺の蓋《ふた》を取り、そして、白布にすっぽりと包まれたそのヨギを棺の中に納めていった。

再び重い石の蓋は閉められたが、さらにその隙間に何やら塗り込んでいく。それは山から採ってきた松脂《まつやに》だったのである。密封された棺は、また入って来た若いヨギたちによって、担ぎ上げられ、外へ持ち出された。中にいた人々も、棺の後について行くカリアッパ師の後につづいた。

建物の近くには、すでに六尺ほどの深さの穴が掘られていた。綱をかけられた棺は、その中へそっと降ろされていく。そして、手頃な石が手渡しで下に入ったヨギに渡されると、棺の上へいくつも置かれていった。それから脇に積み上げられていた土が入れられたのである。

最後の土はこんもりと綺麗に盛り上げ、さらにその周囲には縄をめぐらすと、それですべてが終わった。それはまさに一つの立派な墳墓であった。三郎は、何とも言えぬ不気味な思いでその盛り上がった土を眺めていた。

あのヨギが、どれほど超人的な力を持っているのか、それは知らない。あの密封された棺の中で、ヨギが生きていられるとはとうてい思えない。本当にこれが生き返るのであろうか。もし生き返ったとしたら、その生理的な根拠はいったいどこにあるのか。また、何のためにこのような薄気味悪い行をしなければならないのか。三郎は、盛り上がったその土を見ながら、皆が立ち去った後もぼんやりとそれを考えていた。

七日七夜の間、二人のヨギが絶え間なくその場を見張った。そして、八日目の朝を迎えたのであった。

多くのヨギたちが見守る中で、土は掘り起こされた。そして、また綱をかけられた棺は、若いヨギたちによって引き上げられた。松脂の密封にも異常のないことが確かめられると、皆がひれ伏す中を棺は担ぎ上げられ、堂内へと運び込まれたのである。

中央には、あの時と同じように白布が敷かれていたが、その脇へと棺は安置された。そして戸が閉じられると、また鐘と笛が鳴りはじめ、彼らは白布と棺の周囲を大きくゆっくりとまわりだしたのである。

薄暗い堂内に、白い大理石の棺が仄《ほの》かに浮かび上がっていた。正面には、やはりカリアッパ師が端坐している。小窓からの微かな光が、それらを照らしているのだが、そうした中で、松脂が落とされ、ヨギの体が取り出されると、そっと白布の上に置かれた。そして、巻きつけられた布がヨギの体からはがされていく。

「死んでいる」

はっきりとは見えなかったが、遠目にもその土気色をした皮膚はそうとしか思えず、三郎は思わず心の中で叫んだのである。はや、乾涸《ひから》びたミイラのように手足が細っているし、あの生々としたヨギの体とは似ても似つかぬものであった。どう見てもそれは屍体としか見えなかったのである。

四人のヨギが、こわばったその体に油《ギータ》を塗り込んでいった。羊の乳で作られたバターなのである。全身に隈《くま》なく塗ると、さらにその上に白い粉をふりかけ、それも終わると、次には体の要所要所を丹念に揉んでいったのである。見ていると、どうやらそれは、三郎も多少は知っている鍼《しん》灸《きゅう》の経穴《つぼ》のようであった。こうしたことも、彼らは承知しているのか、と三郎は改めて感じ入るのであった。

鐘と笛を鳴らしながら、その周囲をまわるヨギたちの口から、何やら重々しい声が発せられた。そして次第に読経のような口調となっていく。それは呪文と言っていいのだが、あの滝壺などの岩々に彫られた感動の一語一語をもととして作られていった一文であり、人間の持つ力の偉大さ、生の歓喜を謳《うた》い上げるものであった。

その、古典サンスクリットの言葉と内容は、唱える彼らの思念となって、横たわるヨギの体に通じていく、彼らはそう信じて疑わなかった。またカリアッパ師とて、ただ坐しているだけではない。ヨギの蘇生をじっと思念しているのであった。

三十分ほどもたったであろうか。ふと三郎は、あれっ、と思った。枯れ木のようになったヨギの体に、いくらか潤いが出てきたのではないか、と思えたのである。はっきりとは分からないのだが、何かそんな感じがしたのであった。だが、それは錯覚ではなかった。

しばらくすると、その赤味ははっきりと現われ、筋肉にも弾みが出てきたのであった。反応を認めたヨギたちの手が、そして指が、いっそう活潑に動きだした。三郎はわれを忘れ、その目は彼らの指先とヨギの顔に釘づけにされていった。

そうこうするうちに、赤味は全身に広がり、死者の顔と体は生きた人間のそれに近くなっていく。もはや、堂内の誰もがヨギの復活を信じていた。身動きもせず、また表情も変えぬ多くのヨギたちではあったが、明らかにそうした雰囲気が、堂内に満ちていたのである。

ヨギの胸が微かに動いた。呼吸が微かながらもどったのである。そしてしばし、ヨギの胸は、はっきりと上下に動いていた。と見るうちに、大きな吐息とともにヨギの目がうっすらと開けられたのであった。

「ほっ」

と、声にもならぬ声が周囲から上がった。瞬間、鐘と笛の音が止まり、堂内は水を打ったような静けさに包まれたが、そのはりつめた緊張感の中で、ヨギはそっと身を起こしたのであった。そして、周囲の者が手を添えるうちに、白布の中央にしっかりと坐を組んだのである。

カリアッパ師の目には、きらりと光るものがあった。微笑みも浮かんでいた。その師を別にして、ほかの者はいっせいに大きくひれ伏していった。三郎も打たれるようにそれにならい、土間に身を投じていったのであった。

こうして、ヨーガ哲学においては、最高の行と言われる入定《にゆうじよう》の行は終わったのである。そして、その瞬間から、このヨギは偉大なる聖者《グレイト・ヨギ》の一人に加えられるのであった。

生命の復活、そのありえない事柄が、三郎の眼前で、今現実に演じられたのである。医師であり、科学者としての立場に立たざるをえない三郎も、現にこの奇蹟のような場面に遭遇しては、否定のしようもなかった。ただただ厳粛な思いに打たれる以外なかったのである。

翌朝、山径を登るカリアッパ師と三郎との間には、当然ながらこのことが、話題として取り上げられた。

「どうかな、あの光景を見て、少しは悟れたかかな？」

「いえ、ただもう夢中でした。まったく、今でも信じられぬ思いです」

「そうか」

と、カリアッパ師は微笑んだ。

「そうかもしれないねえ。しかし当人は、七日七夜の間、土の中に埋められていた、などという意識はないのだよ。息を自分でつめていく、そこまでは覚えているが、その先は何も覚えていない。ただいつもと同じように寝ているのと少しも変わらない。目を覚ましたら、周囲にたくさんの人がいて、『ああ、そうか、息をつめたのだ』と想い出すだけだ。ただ、それだけのことなのだ」

と、師はこともなげに言う。

「ちょうどそれは、お前が毎晩、楽しく小屋へ帰って寝る、それと同じなのだ。どうだ、それが分かったら、少しも死など恐ろしくはないだろう?」

「………」

「あのヨギとて、必ずしも生き返るとはかぎらない。割合にしたら、そうだな、三人のうち二人くらいは、そのまま永眠していく」

「ほう……そうですか……」

甦《よみがえ》れる可能性は、三分の一くらいしかなかったのである。文字どおり命を賭しての行であったが、それでもヨギは、入定の行に挑み、徹底して死への恐怖を払い除けよう、作られた死を体験しよう、としていたのである。

そして、大聖者であるカリアッパ師自身は、二度も入定の行を通っているのだという。そしてさらに、あの時自分は死んでしまったと思っている、ともつけ加えた。三郎は感に堪えないというように、

「そうですか……できたら私もやってみたいですね」

と、言ったら、

「馬鹿なことを言っちゃいけない。お前なんかがやったら、それっきり二度と再びこの世に帰ってはこられない」

と、厳然とたしなめたのであった。そして、

「とにかく、あれを見て少しでも死というものへの目が開ければよいのだ。あの行ができるまでには、少なくとも三十年はかかる」

と、結んだのであった。

峠へ来ると、いつものように二人は、ロバを脇につないで一息入れた。谷の向こうには、二の山、三の山が濃い緑に包まれ、ひっそりと静まり返っている。遠くから眺めているかぎりにおいては、あくまでも美しい大自然の光景でしかない。だが、そこは一歩足を踏み入れれば、猛獣毒蛇の棲処《すみか》であり、またマラリアなどの病原菌がうようよしているという、まことに物騒なところであった。

これらは、いわゆる熱帯性降雨林で、ヨーガとは切っても切れぬ深い縁につながれていた。そしてこの森は、インドの暑さとその地形が生んだ一大原生林で、その源を探れば、カルカッタ辺りで見られるあの巨大な入道雲にあったのである。

まず、赤道直下の強烈な太陽によって、インド洋上に次々と厚い積乱雲が発生する。そしてそ

の雨雲は、風に乗って北上し、インド亜大陸に豪雨を降らせ、ガンジス河は暴君となり、民衆から食糧と富を奪っていく。インドの民衆は、この洪水に長い間苦しめられてきたのだが、その歴史は、今もって終わってはいないのである。

こうしたところから、「こんなところに生まれたこと自体が悪い」という厭離穢土《おんりえ》の厭世観《えんせい》も生まれてくるし、遠い河の向こうには、洪水のない極楽の世界があるようにも思えてくる。これが彼岸という考えの発生だが、大陸にこれだけの雨を降らせても、なおかつ巨大な雨雲は、多量の水気を含んだまままさらに北上し、ヒマラヤの前衛となっている三千メートル級のマハバラータの山なみに突き当たる。

そして、微かに残った水分は、八千メートル級のヒマラヤにまで至るのだが、それは雪となり、また氷となって、山々の岩壁にはりついていく。これが氷河となるのだが、したがって、山の向こうのチベットは、一転して不毛の地、砂漠の高原と化してしまうのだから、ヒマラヤというのは、やはり一枚の巨大な屛風だったのである。

そして、マハバラータの山なみに注ぐ雨というのは、熱帯性の雨、つまり聚雨《しゅうう》であるから、一時すさまじい雨を降らせると、またからりと晴れあがって、再び強烈な太陽が顔を出す。そして地上も、山間部はともかく、常に高温というのだから、山の麓に樹木が繁茂するのも当然なのである。

こうした類いまれなる地理的条件、そして気象条件が作り上げた熱帯性降雨林、通商タライと呼ばれる原始林なのである。したがってタライは、山なみに沿って、細長く延々と六百キロもの長さでつづいていて、その中はほとんどが軽い湿地帯であり、あの長大な錦蛇や猛毒を持つコブラ《ゴア》や雨傘蛇の恰好の棲処となっている。それに虎や豹、さらにはそれより一まわり小さいが、もっとも獰猛な黒豹など、さまざまな動物が潜んでいるという、まことに恐ろしいところであった。

そして、マハバラータの山中にも、ところどころこの原始林が点在し、それがヨギの修行地になっていたのだが、山麓のタライは、何せ容易に人を寄せつけない障壁となっていて、これがヨーガの聖地を、俗化から守ってくれるという役目を果たしてくれたのであった。でなければ、人口の溢れた大陸の人々に、とうに霊域も占拠され、修行地《アシュラム》もどうなっていたか分からない。交通至便になった今日、すでにその兆しが現われているのである。

「あの山の中へ、一度入ってみてはいけませんか？」

何気なく三郎は呟くように言った。

「また愚かなことを言う。お前など入ったら、とても三日とは生きていられないだろう。いや、すぐにも恐ろしい目に遭うかもしれない」

「どうしてでしょうか？」

「それはな、奥山へ入るには、それなりの心と体の準備が必要だからだ。でないと、猛獣にぶつかった時すぐやられてしまうし、第一な、本格的な修行ができないのだ」

と、師は言う。なおも三郎は、その準備とは何か、と聞いた。

「それはな、クンバハカというのを悟らなければいけないのだ」

「えっ……？　何ですか、それは？」

三郎は、この妙な言葉にとまどいを感じた。

「もっとも神聖な状態、完璧な状態、そういう意味なのだが、心と体をその状態にすることができれば、猛獣も襲ってはこないし、修行もすることができる」

「……？　はあ……？」

三郎には見当もつかなかったが、それでも大いなる興味を掻きたてられ、さらに尋ねたのである。

「で、そのクンバハカというのは、どうしたらできるようになるのですか？」

「それは自分で考えるのだ。こんな大事なことが、言葉なんぞで教えられるものか」

「………？」

「いいか、大事なことは自分で悟るのだ。ちょうどよい、私もそろそろ、これをお前に言おうと思っていたところだった」

三郎は、師の顔をそっと見やった。

「それでは、よく聞くのだぞ。話は簡単なのだからな」

そう言うと師は、三郎をきちんと坐らせ、

「言葉で形容すると、だな。体を、壺の中へ水をいっぱいに入れたような状態にすれば、それでよいのだ」

「えっ……？」

思わず三郎が聞き返すと、師はもう一度、ゆっくりと繰り返してくれた。そして、

「もっと厳密に言うとな、呼吸の合間合間を、ちょっとだけ止めて、その瞬間、今言ったように、水をいっぱい入れた壺のようにすればいい」

「………？」

「もちろん、今は何のことやら分からないだろうが、いつまでかかってもいい。とにかくこれからは、これを一所懸命考えていくのだ。いいね」

これで、初めて三郎はクンバハカの命題を与えられたのであった。三郎は、またしても妙な譬《たと》え話との印象を受けながらも、それがきわめて重要な命題であることだけは、よく分かったのであった。

このクンバハカなる命題は、ヨーガ哲学を行ずる者、すなわちヨギにとっては、なかなか通過できぬ大きな関門だったのである。部落には百人を越すヨギがいたのであったが、そのうち、クンバハカを会得している者は、ほんの一握りの者でしかなかった。

また、奥山へ入っているヨギの数も定かではないが、そう多いとは思えぬ。もちろん彼らは、クンバハカを会得してから入山を許されるのである。三郎の面倒をみてくれているあの老爺も、六つの時から行を始め、そして青年の頃、このクンバハカの命題をいただいている。しかし、八十歳を過ぎた今でも、なおそれを悟りえないのであった。もっとも、三郎がそれを知ったのは、

ずっと後のことではあったが。

それでも、クンバハカは誰も教えてはくれない。自分で悟らぬかぎり、永遠に手中に収めることはできないのであった。一見、現代人風に考えれば冷たいようにも感じられるのだが。

しかしながら、

「与えられた命題は自ら考え、また瞑想の中から湧出する直観によって、その解答を得ていく」というのが、ヨーガ哲学における一つの鉄則だったのである。もし万一、自分の悟ったことを人に教えたりしたら、教えた人間にはたちまち天罰が下る、とされていた。悟りはどこまでもその人だけのもの、ということである。修行の上では親も兄弟もない。徹底して自分自身で悟れと言う。誰も手助けはしてくれないのである。

まことに冷厳そのものだが、しかし考えてみると、行によって得られた心境などというものは、教えたくとも教えられるものではないし、下手にそれをすると、かえって方向を誤らせる結果にもなりかねないからで、むしろそれが当然とも言いうる。

もしかりに教えるとしたら、言葉や文字で教える以外ないのだが、それが実際にはなかなかもって通じないのである。通じるのは、おおむね両者に同じような体験がある時だけで、これがないとどう説明しても通じない。

砂糖は甘い、これは誰にでも通ずる。だが、砂糖を舐めたことのない人間に、その甘さなるものを説けるかどうか。生来の盲人に、赤とか青という色をどうやって説明したら分かるのか。こう考えていくと、日常、言葉や文字でたいていのことは伝わっていると考えているのだが、そこには案外と甘さがあると思い至るのである。

実際、自分の気持ちが伝わっていると思ったのが、伝わっていなかった、というようなことは多いのだが、言葉や文字の持つ機能というものを考える時に、そうした現象が起こるのは、むしろ当然なのである。

このような日常生活における簡単な事柄ですらそうなのであるから、これが理性を超えた行の内容ともなれば、その一部を感じたまま文字や言葉に託すことはできても、そのすべてを伝えるなどということはとうていできることではない。むしろ、盲人に象の尻尾をつかませて、これが象だよ、と思い込ませることになりかねない。

そこに伝道のむずかしさもあるのだが、それを、ヨーガ哲学の修行者は重視し、正しく伝えるためには、教えるところは最小限にとどめ、後は自ら体験する方へと導いていく。しかし、ヨーガ哲学以外の、とくに宗教では、自分の得た世界観、人生観というものを、言葉や文字によって世の人に伝えようと努力する。

ところがヨーガの場合は、一般社会への伝道などはまったく考えていない。と言うより、それは不可能との立場をとる。したがって、ごく限られた有縁の人のみが山中に集まり、しかも生涯を行にのみ専念していくのである。

そして、その結果、高い境地を得たとしても、けっして世に出てそれを説こうとはしない。宗教の場合は、釈迦もキリストもそうだが、衆生済度《さいど》を終生の務めとして、貧しい村々をめぐっていったのだが、この辺のところがヨーガのあり方との違いを端的に現わしている。

しかし、砂糖を舐めたことのない人に、砂糖の甘さを説くのはむずかしいという、この原理は布教の際にも出てしまう。いかに真実が説かれても、一般の人はなかなかそれを受け取れないという事実がそれで、自分では受け止めたと思っていても、案外見当はずれであるのかもしれない。だが、それでも、誰もが持っている本心良心が、それなりに崇高なものを感じとるから、それでよいとも言えるが、それが尻尾だけであるにもかかわらず、象だと思い込んでいるような場合だって充分考えられるのである。

こうした一面が、思想や哲学、そして宗教の持つ最大の難点で、だからこそ自戒し、人に強制するようなことは避けるべきなのだが、その点、科学の方はきわめて明快で、文字や図面によって、そのすべてが人から人へと伝えることができるのである。

一つの機械が発明されれば、図面と説明書をもらえば誰でもすぐそれを作ることができる。そしてそれがもとになって、さらに次なる機械が考えられていく。こうして科学の場合は叡智の累積ができるから、着実に進歩し、発展していく。

ところが哲学や宗教の世界では、これが思うようにいかない。つまり叡智の累積は形だけのものので、本当には不可能なのである。それは文字や言葉の持つ特性からくるのだが、どんなに師の話を聞こうと、寝食をともにしようと、それだけではどうにもならない。やはり自ら行じてこそ半歩一歩と進んでいけるのである。

ここに不立文字《ふりゅう》という厚い壁が、無情にも修行者の前に大きく立ち塞がっているのだが、ヨーガ哲学はそれを当然のことと直視し、それに徹している。宗教でも、お山の宗教はきわめて閉鎖的で、厳しいところはあるものの、それでもヨーガのように、不立文字に徹した世界はまずないと思われる。

それだけに純度は高く保てるのだが、反面、その実態が世にまったく伝わらないという結果にもなる。もちろんインドには、どこへ行ってもヨギと称する人々は多いのだが、その人たちの中にどれだけ正統なヨギがいるのか、これははなはだ疑問であるが。

ただ惜しむらくは、救いを求める世上の人々にとって、これではあまり有為なものとなってくれないという弊が残るのも事実で、そんなに良いものなら、少しは恩恵を受けたいと思うのが人情である。

大衆化しえない要素はあっても、せめてその一部でも開放してほしい。あるいは、自分なりに繙《ひもと》いてみたいと思う。にもかかわらず、これは禅もそれに近いが、その持つところの本質が、なかなか大衆化を許してくれない。この辺のところが、志ある者にとってまことに痛し痒《かゆ》しというところなのである。

十四　蟻の這う音

見事な月であった。満月の前夜、森の上に浮かぶ大きな月はほぼ完全な円形に輝いていた。手を出せばとどきそうな童話の世界の月、三郎はそんな感慨を持って見惚れていた。

その時、ふっと人の近づく気配に三郎は振り返った。カリアッパ師であった。

「いい月だねえ」

優しく師は、ひれ伏していく三郎にそっと声をかけた。

「お前の国でも、月は見るだろう。どうだ、ここの月と同じかな？」

「ええ、月はいつ見てもいいものです。こうしていると、日本で眺めているような気分になります」

と、三郎は答え、さらに日本では、年に一度ですが、月に供え物をしたりして、皆で眺めたりします、と十五夜の話をしたりするのであった。それを口にすると、郷愁の念はよりいっそう大きくなって、三郎の胸を締めつけてくる。

「そうか。それでは今夜は、その十五夜のつもりで、心ゆくまで月を眺めてごらん。ただし、一つだけ条件がある。それはな、私がいいと言うまで動いてはいけない。一旦姿勢を決めたら、その姿勢を崩さずにじっと月を眺めるのだ」

と師は言い、どんな姿勢でもよいから、長保《も》てのする姿勢をとってごらん、そう三郎をうながした。立ち上がった三郎は、どうしたら一番楽かしら、と思案していたが、すぐ背後にあった背丈ほどの石垣に寄りかかってみた。

〈これなら楽だ〉

と思った三郎は、さらに手もち無沙汰になった手を、腕組みで落ち着かせると、

「この姿勢でいいでしょうか」

と、聞いた。

「それが楽なのか?」

「はい、そう思います」

「よし、私は一まわりしてからまた来る。それまで、そのままの姿勢でいるのだぞ。ちょっとでも動いたりしてはいけない。じっとして、入念に、月だけを見ているのだ」

そう言うと、カリアッパ師は行ってしまった。雲一つない澄んだ夜空に、月は皓々《こうこう》たる輝きを放ち、地上を明るく照らしていく。湿気がない故か、その輪郭も実に鮮明であった。

しかし、それらの美しさに打たれているのもしばし、やがて飽きがくる。三郎の視線は月から

地上へと自然に移っていった。体は動かしてはいけないと言われているから、目だけ動かす。部落の樹々も月光に照らし出され、黒い影を長く草の上に落としていた。

視線だけをあちらこちらへと移してみても、さして興も湧かず、三郎はまた月を眺めることにした。

〈いつまで見ていろと言うのだろう。そんなに眺めていたって月が変わるわけでもあるまいし、いいかげんに来てくれないかな〉

と、すっかり月見に飽きた三郎は、師がやって来るのを待つことしきりであった。しかし、いっこうに師は姿を現わさない。そのうち三郎は、首筋や肩に痛みを感ずるようになった。そして、次第に寄りかかっている腰や背中までが硬直し、どうにもならぬ辛さに追い込まれていった。

さりとて師の言いつけである。背いて動くわけにもいかぬ。二十分、三十分とたつと、それらの苦痛は、はやどうにもならぬ状況になっていた。負けず嫌いの三郎は、それでも歯を食いしばって頑張った。月見などはとうに三郎の念頭からは消え失《う》せ、ただもう耐えるだけの辛い一刻一刻となっていた。

やはり、何かに寄りかかったり、背を丸めた姿勢《アサナ》というのは、一見楽そうであるし、普段それに馴れているから、わずかな間くらいは楽かもしれぬ。しかし、そのまま長くその姿勢をつづけることには向かない。やはり背筋をのばし、腰にどっしりと重みを据えた姿勢こそ、本当は楽なのである。

だが、こういうことも、頭で知るよりは体で実感した方がいい。何でも体で知ることが、本当に分かったということになるからだ。

必死の思いで耐えていた三郎は、広場の片隅にカリアッパ師の姿を見出し、ほっとした。それでも、なかなかこちらへ足を向けてくれない。その一時たるや、まことに長いものであった。

「どうかな、よく眺めたかな」

近づいて来た師は、そう声をかけてくれたが、三郎はやっと救われた思いであった。

「もう、動いてよいでしょうか？」

身を起こした三郎は、思わず首をぐるりとまわし、腕を交互に持ち上げた。体中が突っ張っている。

「月をよく見たのだな」

「はい、もう充分すぎるほどよく見ました」

「そうか、それでは、そのよく見たと言う月を、ここへ描いてごらん」

と、師は地面を指した。

「えっ……月をですか？」

「そうだ」

何か分からぬが、阿保らしい気分ではあった。しかし、思い返してしゃがみ込むと、土の上に指で大きく円を描いた。そして、師の顔を見上げると、

「それから」

と、師は言う。

「えっ……？」

「それは輪郭だな」

「………？」

「その中に奇麗な模様があっただろうに」

「あっ。それは……あまり見ていませんでした」

「馬鹿！」

鋭い叱声とともに、師の手にしていた細い竹の鞭が、三郎の首筋に飛んだ。それまでの優しさが嘘のような厳しさであった。これをやられるといく日も首筋が痛いのである。月見は初めからやりなおしとなった。

人間の注意力というものは、おおむねこの程度のもので、中の図柄までよく見ておけよ、と言われれば別だが、さもないかぎり、目には入っているが、記憶としては残らない。だから、人の記憶とか、目撃者の証言などというものほど、当てにならぬものはないのである。

翌朝、山径を登りながら、カリアッパ師は、すぐ後ろからついて来る三郎にこう言ったのである。

「お前は、ぼんやりとした人間だねえ。結局のところ、朝の打坐にしても、山での瞑想にしても、本当に身を入れてやっていないのではないか」

「いえ、そんなことはありません」

と、答えたものの、三郎には自信がなかった。少なくとも満足できる状態ではなかったが、さりとて怠けているわけでもない。一応精いっぱいやってはいるのだが、思うようにできぬ、というのが本音かもしれぬ。

思うとおりにいかぬことの一つに、あの滝の音の猛烈さがあることを、三郎はふと想い出した。

「一所懸命やってはいるんですが……あの滝の音がうるさくて、どうも気持ちが落ち着かないんです。朝の打坐は、その点静かでいいんですが、昼の瞑想もああいう静かなところでしたら、もっとよくできるように思いますが……」

「滝の音？　あの音が気になるのか？」

「ええ、気になるなんて、そんなものじゃありません。一日中あそこにいると、頭までおかしくなりそうです。何しろ、あのとおりのすごい音なんですから」

「ほう、それは意外なことを聞くなあ」

師はそう言って、三郎の顔を見た。三郎の方も、意外と言われておかしいと思った。あの耳も聾せんばかりの轟音である。誰だって気になるのが当然と思っていたからである。それを師は意外だという。分からぬ。三郎の方こそ意外であった。

実際、一日の瞑想を終えて、薄暗い滝壺から脱け出すと、ほっと救われた気分になる。静かで明るい大地が、これほど素晴らしく思える一時はないのである。それにしても、なぜあのようなところで坐らせるのか、三郎は当初から強い疑念を抱いていたのである。

「もっと静かな方がいい、本当にそう思うのか？」

「はい、その方が、心がまとまりやすいと思いますが……」

かねてよりの念願が、あるいはかなえられるかもしれぬ、そんな期待がひょいと三郎の心に浮かんだ。

「しかしな、あの滝壺で心がまとまらないとしたら、どこへ行ってもまとまらないぞ。第一な、あの場所は、私がお前のために、とくに苦心して選んだところなのだ」

「えっ……わざわざですか……？」

「そうだ」

坐禅のようなことは、静かなところでするのがいい、という考えが三郎の胸中にはあった。とくにそうした知識があるわけではなかったが、普通の場合、誰だってそう思うからである。

「わざわざ、あのうるさい滝壺を選んだと言われるのは、いったいどういう理由からなのでしょうか？」

三郎はそう聞かずにはいられなかった。

「それはな、お前に、一日も早く天の声を聞かせてやろう、そう思ったからだ」

「えっ……何ですか、その天の声というのは?」

「言葉のとおり、天にある声だ」

「ほう……天に声があるのですか?」

「ある」

「初めて聞きました。それは」

三郎の口ぶりは、多分に冷笑的となった。この頃は、カリアッパ師に対してすっかり従順になり、尊敬の念も深まっていたのだが、それでもまだ、未開の民族が持つ古臭い昔話と決めつけたくなる時が、時折りあるのであった。また妙な話か、と白々しい気分になった三郎は、それならとことん聞いてやろうと思った。

「それで、その天の声とやらを、実際にお聞きになったことがあるのですか?」

「私がか?」

「ええ」

「私はもう、いつも聞いている。現に今、こうしてお前と話している間にも、聞いている」

ますます妙な話になってきた、と三郎はがっかりするのであった。

「しかし、今のお前のように、滝の音ばかりを気にしているようでは、天の声どころか、地の声すら聞こえないだろう」

あれっ、今度は地の声か、と思わずつられて、

「地にも、声があるのですか?」

と、聞いた。

「もちろんだ。しかし地の声なら、その気になれば、お前にも聞こえるだろう」

「………?」

「地上にある声、つまり獣の咆える声、風に揺らぐ枝々の触れ合う音、虫の声、それらが皆、地の声だ」

「ああ、そうですか。それなら、もちろん聞こえます」

「今ではない。あの滝壺の脇で聞くのだ」

「えっ……? それは無理です。あのものすごい音の中で、虫の声なんか聞こえるわけがありません」

「そう思っているかぎりは、いつまでたっても聞こえないだろうなあ。でもな、今日、試しに聞いてごらん。聞こえるか、聞こえないか」

「………」

「ほんのわずかな間でいい。時折り、鳥の声や、獣の咆えるのを、聞こうという気分になってごらん。すると、そのうち聞こえるかもしれない。でも、無理に聞こうなんて思いなさんなよ。ただ、そういう気持ちで坐っていればいいのだ」

「でも……耳もとで怒鳴られなければ、話すら聞こえないのですから……」

「だからな、今ここで、そういう話をしても無駄だ。ま、とにかく、やってみることだ。それが聞こえるようになったら、それからまた、改めて天の声の話をしよう」

この話ならまともだ、と三郎は思った。すると、天の声というのも、また何かの譬えなのかもしれない。そう見当をつけると、滝壺に着くや、さっそく地の声に取り組んでいった。

天地も揺るがすこの滝壺の脇で、いったいそのようなもの音が、果たして聞きとれるものか。しかし、もしそれができるとしたら、と三郎は大いに興味を掻きたてられたのであった。

しかし轟音は、相も変わらず辺りに鳴り響き、少なくとも滝壺の周囲は完全に制圧されている。鳥の鳴く声どころか、自分の咳すらそれに呑み込まれてしまい、音として聞こえてこないありさまであった。十分、二十分、それでも三郎は耳を澄まし、懸命に轟音の中から何かを聞き出そうと努力していった。

だが、そのうち耳はもちろんのこと、頭の芯まで麻痺してしまうのであった。諦めて、三郎はそっと目を瞑《つぶ》った。疲れてしまったのである。

それでも小一時間もすると、また何となくできそうな気がしてきた三郎は、目を瞑ったまま、再び轟音の中にそっと探りを入れた。そしてしばし、何の手ごたえも得られない。目を開いてみた。

眼前には滝壺からの厖大な水が、薄暗い中を岩を噛んで流れていく。流れの中には、大小の苔むした岩があちらこちらに突き出ているが、その岩と岩の間には、色彩豊かな小鳥たちが軽妙に飛び交っていたのである。

これだけの激流である。本来なら流れの音がするはずだが、それがまったくない。今まで気づかなかったことにふっと気づいた自分に、三郎はまた興味を覚えた。飛んでいる小鳥も、じっと見ていると微かに嘴《くちばし》が動いている。

〈ああ、これも普通なら、その声が聞こえるはずなんだ。流れの音とともに〉

誰でもが経験したことのある光景だが、三郎も、あの鳥の鳴き声を聞いてみよう、と対象を一つに絞ってみた。すぐ目の前で鳴いているのが聞こえないようでは、どこからともなく聞こえてくる微かな虫の音などは聞こえるはずがない。

そして、三十分、一時間と、時は過ぎ去っていった。相変わらず小鳥は、次々と飛来しては、眼前で無言の劇を演じ、また気ままに飛び去っていく。それでも三郎の目は、すさまじい執念で、それを追いつづけた。一度取り組むと、三郎という人間は、恐ろしいほどの集中力を見せるのであった。

だが、それでも時は虚しく過ぎた。やはり駄目か、と諦めかけた時である。

「チチッ」

という、可憐な囀《さえず》りが、三郎の耳にちらっと入ってきた。

「あっ、聞こえた」

ほんの一瞬のことであった。そして、次の瞬間には、小鳥は白い腹を見せ、空高く舞い上がっていった。滝の轟音はもちろん絶えることはない。それなのにその轟々たる響きの中で、あの可憐な囀りが聞こえたのである。

〈不思議なものだなあ〉

まったく自分でも信じられぬ思いであったが、事実聞こえたのである。三郎の心は躍った。よし、次だ、とばかりに、またも飛来した小鳥に狙いを定めると、全神経を集中してその囀りを捉えようとした。

今聞けたのだから当然聞こえるはずだ、そう思って、体中を耳にしてその嘴《くちばし》を見つめたのである。しかし駄目であった。体をよじるように乗り出しても、聞き耳をたてても、聞こえてくるのは、滝のあの轟音ばかり。

一度できたことができないはずはないのだが、と三郎は、改めて坐りなおし、また次の一羽を狙うのであった。だが、どうしても聞こえない。次の小鳥も、次の小鳥も、三郎の懸命な努力をよそに、身軽に飛び立っていくだけであった。

実は、聞こうというその努力なるものが、逆に三郎の集中力を邪魔していたのである。諦めかけた時にひょっと聞こえた。この辺が鍵で、カリアッパ師の言うとおり、聞こうという気分だけにとどめ、後はただ心を澄ましてさえいればそれでよかったのである。その使い分けが、実のところ、やさしいようでやさしくない。

すっかり疲れてしまった三郎は、岩を降りてぶらぶらと河原を歩いた。遠くへ行ってはいけない、と言われているので、すぐ引き返して来るが、それでも充分、心の疲れを癒やしてくれる。岩にもどった三郎は、しばらく瞑想をつづけた。

一時間、二時間とたつと、それにも飽きがくる。ふっと三郎は目を開いた。すると、小鳥が自然に視界の中に入ってくる。その時、その鳴き声もすっと耳に入ってきたのである。

「う、これだ！」

尾を軽妙に上下させ、岩から岩へと移るたびに、チチッ、チチッ、と囀る。それが、今度はいつまでも聞こえるのであった。三郎は、改めて不思議な感慨に打たれた。なぜこのような轟音の中で、音としたらその何百分の一にも足りぬ鳥の声が聞こえるのであろうか。

三郎は、またまた未知の世界へと、自分が一歩踏み入れているのを感じた。しかし、鳴き声を聞いている時には、三郎の心が滝の轟音から離れていることには気づかなかったし、また、来た当初にくらべ打坐や瞑想によって、かなり自分の心が洗われてきたことにも気づいていなかった。ただ、不思議さと心地よさだけが心に残っていた。

三日ほどすると、三郎は面白いほど自在に、地の声を聞けるようになっていた。小鳥の囀りはもちろん、岩を噛む激流の音、浅瀬のせせらぎ、そして周囲の森からは蟬の声、さらには豹や狼の咆えるのが風に乗って流れてくるのさえ、聞こえることがあったのである。

しかも、それらの地の声に耳を澄ましていると、何とも言えぬ爽やかな心地になってくるのであった。一日中轟音に押さえ込まれていた心が、一転して広い天地に解放された。そんな快さが体中を突き抜けていくのであった。

「鳥や獣の声は、もうとてもよく聞けるようになりました」

山からの帰り道、三郎はそうカリアッパ師に言った。

「そうか、それはよかった。しかしな、一口に地の声と言っても、いろいろとある。虫の鳴く声から、微かな風に揺らぐ枝の音、この地上には、実にさまざまな音がある。そのうちの一つを、自分の思うままに取り出して聞ける、そうならなければいけないぞ」

「…………」

「人間の心が本当に澄んでくると、蟻の這《は》う音ですら、耳に入ってくる」

「えっ……あの小さな蟻が這っている音ですか？」

「そうだ。天の声を聞こうという人間なら、そのくらいできなくてはいけないな」

と、カリアッパ師は言って、にっこりと笑ったのである。


この蟻の這う音というのは、実際には、音と言うよりは気配と言っていいほどのものだが、日本の蟻と違い、インド亜大陸の蟻は、指の先ほどもあるような大きなものがいるから、至近距離であったら、あるいは本当に捉えうるかもしれない。

しかしこれは聴力の問題ではない。禅寺風に言えば、線香の灰の落ちる音、という具合いになるのだが、あの線香が灰になって灰の上に落ちていくのだから、物理的な音としては考えにくい。もっとも、禅寺の線香はかなり太いし、それが器の外へでも落ちれば、あるいは音めいたものを感ずることができるかもしれぬ。だが、それは例外で、あくまでも、心を澄ますことによって外界の現象を正確に把握しようという、一つの表現として受け止めていく方がよい。

聴覚は五官感覚だが、澄心によって得られる勘の働き、いわば超感覚的な把握の仕方が、蟻の這う音であり、線香の灰の落ちる音なのである。もちろん澄心時には、五官の働きもきわめて正確で、過敏ならぬ鋭敏さが得られるのは事実である。

たとえば、ひとり静かに坐っていると、ずいぶん遠くから人声や足音などが聞こえてくる。その足音がこちらへ来るまでの時が、かなりのものであることからして、初めの足音が相当遠くからのものであったことを知るのだが、これも聞こうとして心に波を立てると逆効果となる。

十五　天の声

天の声を求めて三郎は坐った。地の声が聞けたということが、いっそう三郎を意欲的にさせていたのである。ただ、その天の声なるものが、いったい何を指しているのか、その辺がよく分からない。

地上から発せられる音が地の声なら、天の発する声は……？　風の唸りか……？　とにかく言い方が独特で、およそわれわれの常識とはかけ離れているのだから、始末にいけない。そう思いつつも、次第にそれにも馴れてきた自分を、三郎は見出していた。

三日、四日、そして十日と、時は過ぎていったが、皆目分からなかった。見当すらつかないのである。三郎は、やむなくカリアッパ師に助言を求めた。

「そうか、聞こえないか」

と、師は笑顔でそう言い、しばらくはロバの上でその揺れに身を任せていた。ロバは一歩一歩と、ゆっくり山を登って行く。

「それでは聞くが、その天の声を聞こうとしている時だな、お前の耳には、鳥の声や、獣の咆える声、つまり地の声だな、それは聞こえているのかな？」

「えっ……？」

「たとえ、どんな音が耳の中に入ってこようと、心の方がそれを相手にしなければ、それで自然に天の声は聞こえてくるのだ」

分かったような分からぬような妙な気分ではあったが、それ以上に、聞きたくとも聞きようがなかった。それでも、地の声を相手にしなければいいのだ、という手がかりは得られた。

翌日、滝壺の岩の上に、どっかと坐った三郎は、意を新たにして、

〈よし、この鳥の声を相手にしなければいいのだな〉

と、まず方向を定めた。そして、それではやってみるか、と目を瞑った。ところが、何の苦もなくできると思ったそのことが、いざやってみると、どうもうまくいかない。しばらくして三郎は目を開いた。

〈待てよ……真剣味が足りないのかな〉

と思い、改めて坐を組みなおした。そしてさらに、しばらくやってみたが、どうもいけない。あれほど苦労してやっと聞けるようになった地の声ではあったが、今度はそれを心の方で相手にすまいと思うと、逆に妙に耳の中に入ってくる。

耳に入ってきても相手にすまい、放っておこう、そう思ったりするのだが、そう思えば思うほ

ど耳の中に食い込んでくる。突き放そうと思えば思うほど、しつこくくっついてくるのであった。

次第に三郎は、苛立ちを感じた。

〈要するに、相手にしなければいいのだろう〉

そう何度も自分に言い聞かせ、そして挑んでみるのだが駄目であった。こんな簡単なことができないはずがないんだが、と思うだけに、できないことが面白くない。それでいて、散々今まで悩まされてきたあの滝の轟音の方は、まったく耳にも入っていないことには気づかなかった。

地の声を、鳥の声を聞くまい、とする意識に紛れて、滝の音の方はすっかり忘れ去っていたのである。何か考えごとをしていたりすると、あるいはぼんやりしていると、時計が鳴ろうと、駅の放送があろうとまったく気づかない。実際は、聴覚は刺戟されているのだが、心がほかにいっているので、意識の上にのぼらないのである。

次の日、よし今日こそは、と意気込んで山へ登ったのだが、結果はまったく同じであった。気重い足どりで三郎は、カリアッパ師の後について山を下って来た。師は何も言わなかったし、また三郎も黙って歩くだけであった。聞きたいのだが、聞きようもなかったのである。

くる日もくる日も、こんな毎日がつづいた。人一倍、負けん気の強い三郎である。いかに偉い人とは言え、カリアッパ師が簡単にできることだというのに、自分がどうしてもできないとなると、三郎は歯ぎしりするほどの口惜しさを感じた。

また、自分でもそうむずかしいこととは思えぬだけに、いっそう自身に不甲斐なさを感じたのである。しかし、三郎の心の中には、さして修行という意識もなければ、天の声を聞くということが何を意味するかもまったく解していなかった。だがこれも実に幸いなことであった。

苦悩の日々がつづいた。ちょうど蜘蛛の巣にかかった虫のように、相手にすまいとする地の声が執拗なまでに心に絡みつき、どうにも手の施しようがない。努力をすればするほど、それが逆に裏目にでる。要するに、禅で言うところの不思量底の思量であった。

心配しても仕方がない、こんなことは忘れよう、そう思えば思うほど、その心配事は心に絡みついて、いっかな離れようとしない。今夜も眠れないのではないか、いやそんな心配をすれば余計眠れなくなる。考えるのはやめよう、そう思っても、気づくとそれを気にしている。

心というものはそういうもので、こんな時こそ天の声を聞くに如《し》かずなのだが、これも、下手に禅の知識があったり、それは大変なことなのだ、なかなかできるこっちゃない、と事大主義にとらわれてしまうと、そこで潰されてしまう。

しかし三郎の苦悩は、ただたんに、簡単なことができない、という苦悩であって、それ以上のものはない。だからこそ可能性は大きい。これは紙一重の差とも言えるかもしれぬが、実際には、両者の開きは天地ほどの違いがある。行というものは理入と行入がほどよく調和するのが理想だが、こうしたちょっとした心のあり方が重要な意味を持ってくるもので、むしろ理入は後からついてくるくらいがよいかもしれぬ。

ふっと、三郎は目を開いた。あまりにも切なかったからである。奔流の向こうには、屹立した岸壁が大きくそそり立つ。三郎はそっと岸壁を見上げていった。岩が切れると、そこには澄みったヒマラヤの空がぽっかりと顔を出している。そして、そのただ中に、白い浮き雲が一つ二つと静かに東の方へと流れていくのであった。

〈あれに乗れば、日本へ帰れる〉

心の中で三郎は呟いた。考えまい、と三郎は首を横に振った。想えば郷愁はつのるばかりである。なぜこうも辛く、切ないことばかりつづくのであろうか。いったいこれから自分はどうなるのか。それらを思うと心は千々《ちぢ》に乱れていく。

それでもありがたいことには、山奥であるが故に、それ以上に気を散らす対象がない。再び目を瞑ると、心はまたいつしか天の声を求めていたのである。深山幽谷であるが故のありがたさである。

およそ三カ月がたった。さすが強気の三郎も、すっかり音をあげてしまった。

「どうしてもできません。心と耳とを使い分けるなんていうことが、本当にできるんでしょうか？」

と、小径を下りながらカリアッパ師に聞いたのである。すると師は、

「ほう。そんなにむずかしいのかね。しかし、できないことを私が言うわけはなかろう」

「それはそうですねえ」

「いいか、どんな簡単なことでも、むずかしいと思っているかぎりにおいてはむずかしい」

「えっ……?」

「むずかしいと思えばむずかしい。やさしいと思えばやさしい」

「………?」

「どうだ。そんなに苦労しないで、やさしいと思ってみないか」

「でも……そう言われても……本当にむずかしいんですから」

「分からない男だな。だから、そのむずかしいと思っているのを、やさしいと思う方へ、切り換えたらどうだと言っているのだ」

またまた無茶なことを言う、と三郎は思った。実際にむずかしいのであって、自分で勝手にむずかしいと思っているわけではないのだ。三郎はそう怒鳴り返してやりたかった。

「いいか、お前のように、心にぶつかってくるものを、まともに使い分けようとすれば、それはできないかもしれない。だから、まともに使い分けないようにすればいいのだ」

「………?」

「それはな、こういうことなのだ。今、お前はこうして私と話をしているね」

「はい」

「でも、話をしている間にも、お前の耳には、いろいろな音が聞こえているはずだ。蟬の声やら、鳥の鳴き声がな」

「はあ……それは……聞こえてます」

「でも、今のお前は、それを相手にしていない。私の話とだけ取り組んでいるだろう」

「はい……」

「ほら、できるじゃないか。簡単に」

「…………？」

「話をしている間は、蟬の声はしているが、お前の耳には入っていない。そこなんだ。これと同じ気持ちになればいい。どうだ、やさしいじゃないか」

なるほど……と三郎は、何となく分かったような気分にさせられた。


翌日、今度こそ本当にできるかもしれない、そう思って勇躍山へ登ったのだが、実際に大岩の上に坐り、やってみると、またまた三郎は大きな挫折感を味わわねばならなかった。理屈の方では何となく分かるのだが、心の方がそのとおりに動いてくれないのである。


どうにもならぬところへ三郎の心は引き込まれていった。しかしカリアッパ師はもう相手にしてくれなかった。こんな簡単なことと自分でも思うだけに、できないということが、三郎の心に大きな重荷となっていったのである。

「こんな簡単なことが、できないはずがあるか」

と、師からは叱られる。あまつさえ、その後には決まって、愚か者、の一語がついてくる。三郎にはそれがこたえた。骨身に沁みた。口惜しいかぎりであった。

誇り高き男、三郎にとって、人から愚弄されるほど辛いことはなかった。常に人より優位に立たねば気のすまぬ男であった。ところが、この部落へ来てからというものは、医学博士の肩書もまるで通用しない。いや逆に、カリアッパ師から、からかわれる材料の一つにしかなっていないのである。あまつさえ、愚か者だけではすまず、時には鞭さえ飛んでくる。そうした時の三郎は、痛さよりも、むしろ屈辱の方に耐えがたいものを感じた。

「人としての扱いをされぬような、そういう境涯をも、平気で抜けられるようでなければいけない」

ふっと漏らすカリアッパ師の一言は、そんな三郎の心を見抜いてか、とにかく、遠慮会釈ない慈愛の鞭であった。実際、人の心に定着した傲慢さというもの、我執というものはそうでもしないかぎり、なかなか落ちるものではない。


天の声を求めだしてから、ほぼ四カ月が過ぎ去った。三郎の心の負担もようやく限界に近づきつつあったが、こうした時には、人間というものはどう対処するであろうか。一つは、自分の人格、能力を否定して、

「自分は、こんなこともできない人間なのだ」

と、低いところに安住し、挑戦を諦めてしまう人。もう一つは、そんなことをする方が愚かな

のだ、とできぬことを正当化していく人、との二とおりがある。要するに、敵の軍門に下るか、開きなおって大あぐらをかいて過ごすかのどちらかとなる。

ある日のこと、突然三郎は、

「やめた、こんなことは」

と、立ち上がった。

「こんなことをして、いったい何になるのだ。天の声なんか聞かなくたって、今までこうして生きてこられたんだ。馬鹿馬鹿しい。やめだ、やめだ」

ぶつぶつ言いながら、三郎は大岩を降りると、河原の方へぶらぶらと歩いて行った。

「天の声が聞けたからといって、別に偉くなれるわけでもないし、病が治るわけでもないわ。たとえ少しばかり認められたからと言って、こんな山の中じゃないか、たかが知れたものだ」

と、努力に価しない事柄だと決めつけたのである。そうしなければ身が保《も》たなかったのだが、こういう時は心底そう思えるから人間はうまくできている。

流れに沿ってなおも三郎は歩いた。つま先に小石が当たった。忌々《いまいま》しくなった三郎は、思いきり蹴とばしてやろうかと思ったが、そうもいかない。裸足だったからである。かわりに、小石を拾い上げると、思いきり流れに向かって叩きつけてやった。小石は水面《みなも》を激しく裂いて白い飛沫を上げた。

それでも胸のおさまらない三郎は、ちょうど草叢《くさむら》を見出したのをいいことに、今度は自分の身を、えいとばかりにその上に放り出した。そして、あおむけになると足を大の字にのばした。両岸からは岩場が切り立っていたが、その間には、澄んだヒマラヤの空がぽっかりと顔をのぞかせている。

紺碧の空には、身を吸い込まれるような不思議な魅力があった。そして、小さな千切れ雲が、一つ、二つと、そのただ中に漂っていた。それも、微かに流れながら、しかも奇妙に形を変えていく。三郎は、その美しさと面白さに魅了されていった。

やがて千切れ雲は、次第に小さくなり、そのうち、その純白の姿をすっと紺碧の中に融け込ませていったのである。見入っている三郎の口もとには、いつしか少年のような微笑みが浮かんでいた。

その時であった。一瞬、三郎の心に閃《ひらめ》いたものがあったのである。

〈あっ、これではないかな……〉

弾かれたように三郎は身を起こした。気づいてみると、耳には相変わらず、鳥の囀りや蟬の声が、滝の轟音とともに絶え間なく聞こえている。なのに、心はまったくそれから解放され、白い千切れ雲とともに青い空の中に融け込んでいたのである。

それは、ほんのわずかな時でしかなかった。だが、いっさいのとらわれから解き放たれた三郎の心は、地の声の中にあって、地の声を聞こうとも思わず、また聞くまいとも思わない。すなわち、心が心を思わず、さらに心が病む肉体を思うでなし、周囲の環境にとらわれるでなし、完全に自由な一時を得ていたのであった。

そして、それは実に爽快な味わいを心の中に残してくれたのである。

〈待てよ……心がいっさいを相手にしなければ、その時、天の声は自然に聞こえてくる、そう言われたな……でも、何も聞こえてこないが……〉

と、三郎はあれこれと考えだした。理屈の世界へ心はもどっていたのだが、三郎自身そのことには気づこう道理もない。

山からの帰りに、三郎はこのことを、カリアッパ師にこと細かに話していった。すると師は、

「どうやら、できたようだな」

と、微笑みながら、三郎の方を振り返った。久しぶりにそんな優しい師を見た三郎は、さすがに嬉しさが込み上げてきた。

「でも……何も聞こえないんですが……」

と、安堵しながらも、反面不安げに訴えた。すると師はロバを止めた。そして、横へ三郎が来るまで待って、優しく言ったのである。

「聞こえているのに、聞こえないのか」

「えっ……?」

「それが、天の声なのだ。天の声とは、聞こえない声、声なき声なのだ。絶対の静寂《しじま》だ」

そう言いきると、ぐっと口もとを締め、遠くに目をやったのである。しばらくして、師はさら

に語ってくれた。そこに心を預け入れると、人間の生命は本来の面目を取りもどし、命の中に秘められた本然の力が勃然《ぼつぜん》として顔を出す。そして、それが本当の人間の姿であり、当然あるべき姿なのだ、と力強く言ったのである。

「考えてみなさい。お前が天の声を聞いている間は、辛いことも苦しいこともなかっただろう。するとその間というものは、悩みを背負った人間でもなければ、孤独な人間でもない。また、たとえ肉体は病んでいても、命の方は病のない生活をしていたことになる」

「………」

「それが分かったら、できるだけ心に天の声を聞かせてやることだ。そこにはもう、病もなければ、煩悶もないのだからな」

三郎は深くうなずいた。そして、

「すると、病が治るわけですねえ」

と、つい口をすべらせた。

「治る治らないなどということは考える必要ない。第一、それを考えたら、心はもう、もとへもどってしまうではないか」

ああ、そうか……、と三郎は、自分の心の頼りなさを知らされるのであった。

「そうした生き方が、本当の人間の生き方だから、そうしなさい、と言っているだけだ。それよりほかに、お前の生きる道はない。なのに、ほかに道を求めるから、そんな惨めな目に遭うのだ」

「………」

「病や心配事があっても、心がそれから離れているなら、たとえ身に病があっても、その人は病人ではない。また、よからぬ境涯に置かれていても、その人は悪い境涯に生きてはいない」

「………」

「反対に、病がなくとも、病のことを考えていれば、その人は病があるのと同じだし、よい境遇であるにもかかわらず、お前のように、思い患ってばかりいれば、悪い運命に陥ったのと同じことになる」

三郎の頬には、光るものが一筋二筋と流れていった。

「お前の病も、これからは肉体だけのものにして、心にまで迷惑をかけるな。そうするためには、折りに触れ、時に触れ、心に天の声を聞かせてやるのだ。声なき声のあるところこそ、本当に安らぎのある世界なのだからな」

涙で霞んだ三郎の目では、石の多い小径は歩きにくかった。それでも涙はとめどもなく流れた。それまでの自分の生き方が、いかに過ちの多いものであったかを、三郎は痛烈に思い知らされたのである。涙は、その悔恨のしるしでもあったが、それよりも、

〈ああ、自分は救われたのだ〉

という歓びと、その感慨が主たるものであった。もちろんそれは、内容を表現すればそうなる

ということで、当の三郎にとっては、ただもうわけもなく、次から次へと涙が溢れ出るだけであった。

この日を境にして、三郎の人生は大きく転換していった。欧米の人間は、東洋の悟りという言葉をどう解釈していいか分からず、偉大なる転換、と、その見える部分のみを見て、そう訳していったのだが、確かに内面の変化はそのまま実生活に現われてくる。

まず、辛い日々が楽しい毎日に変わっていった。さらには、体のだるさが次第にとれ、山径への足どりも日々に軽くなっていく。そして、何よりもすっかり痩せ細ってしまった体に肉がつきだしたのである。初め三郎は浮腫《むくみ》がきたのかと思った。それほど回復の度合いが早かったのである。これには、歓びより驚きの方が強かった。

そして、天の声を聞く、その術《すべ》もますます冴えていった。カリアッパ師は、その変わりようを見て、

「これなら、胸の病も、遠からず完全に治るだろう」

と、言ってくれたのである。もちろんその蔭には、心の変化だけではなく、食べ物の方から受ける恩恵も大きく与《あずか》っていた。部落へ来た当初は、肉や魚が食べられないことに極度の不安を抱いた三郎ではあったが、結果はまるで逆であった。植物性の淡白な食べ物は、むしろ病身には理想的だったのである。これも、当時の医学的常識とはおよそかけ離れたものであった。

食べ物に関する恩恵はまだある。

「大自然の恵みである唾という大事なものを、その恵みのとおり使わなければならない。半砕きのまま呑み込んだりすれば、大自然が苦心して作ってくだされた重要な計画と作用とを破壊することになる」

これは、カリアッパ師が見せてくれた古典サンスクリットの一文だが、実際そのとおりで、よく噛んで食べればこそ、唾液も充分混入されるし、したがって消化酵素に不足をきたすこともない。また同様に、胃から腸へと通る各器官も、その機能をよく発揮できるようにもなる。

だから、ヨギたちは実によく噛む。たとえ一杯の水を飲むのにも、その中から活力を取り出すのだと称し、噛む仕草をする。食べすぎがないというのも、このよく噛むことが一つの原因となっているのだが、またその食欲についても、面白いことを言っている。

「食欲とは、中年女の頬にある醜い皺《しわ》や染《しみ》を隠すための紅のようなものだ。空腹とは、健康な少女のバラ色の頬のようなものだ」

要するに、食欲と空腹とは、厳重に区別して、ただ食べたいという欲望に身を任せることなく、本当に腹がへったら食べなさい。と言っているのである。だからヨギたちは、その本当の空腹とはどんなものかを味わうためにも断食をする。

また部落では、とくに食事の時間が決められているわけではない。食べたい時に食べたいだけ食べる。これも一つの大事な原則だったのである。そして、こうした粗食に甘んじながらも、ヨギは理想的な肉体を保持し、しかもほとんどが百歳を越す長寿を保っているのであるから、こうした事実がその正当さを証している。美食、大食は自然の理に適わない。

それと、呼吸も力《エネルギー》の吸収には大きな役割を果たす。とくに瞑想中のそれは、極度にその回数も少なくなるし、また静かにもなる。それは、そのまま体内の酸素や力《エネルギー》の消費が最少限に押さえられている生理状態で、その集積が入定の行においても顕われている、と観る。

要するに、すべて無駄な摂取と無益な浪費はしないということで、そうした効率のよい呼吸をするためにも、ヨギたちは日頃から呼吸法をやり、よりよい呼吸を目指していく。それらについては、もはや筆をもってのみすることはできないが、ただ一つ添えるならば、腹式呼吸なるものは不自然とされていることである。


陽がのぼってまだ間もないというのに、早くも陽は輝きを増し、強い暑さを送り込んでいた。その中を、カリアッパ師と中村三郎という二人の師弟は、今日も黙々と山径を登って行く。師はロバに跨り、そして三郎は額に汗してその後について行く。

峠での一休みも、今や楽しい日課の一つとなっていたのだが、師はいつものとおりロバを降りると、大きな石の上に腰を下ろした。三郎もそのすぐ後ろの石に腰を下ろすと、汗を拭いながら、遠く白雪を戴くカンチェンジュンガの山々を見やった。いつ見ても美しい心洗われる光景であった。

周囲は、これもいつもながら、蟬がけたたましい声をあげて勢いよく鳴いている。その数たるや、実におびただしいもので、数百いやもっと多くの蟬たちが、その生命存在を主張するように鳴きつづけていたのである。

馴れきっている三郎の耳ではあったが、いつの間にか、馴れきったはずのその蟬の声に魅力と懐かしさを覚え、それにじっと耳を傾けていったのである。耳を衝《つ》くかん高い声があるかと思うと、太く低く唸るような声もあった。かと思うと、断続する美声ありで、実に変化に富んでいる。

それらが和して一つとなり、山々を覆いつくしていた。三郎が聞き惚れていると、突如、まったく突然だが、その自然の大合唱がふっと途絶えたのである、辺りは、それまでの喧騒から、一転して空白静寂の中へと放り込まれていた。それは、一瞬を境にした見事な転換であった。

その時、三郎の口から、

「あっ、これだ！」

という声が漏れた。その声に、カリアッパ師も振り返ったが、三郎の目は虚空を見つめたままであった。いったい三郎は何を見出したというのか。それは、小さな千切れ雲が紺碧の空の中にすっと融け込んでいった、あの時のあの味わいを再びここで感じとったのであった。

それは、時にすればほんのわずかな間の出来事なのだが、その間の心の中の変化というものはきわめて象徴的であり、また価値高いものであった。そしてまた、内容の移り変わりも注目に価する。

まず、山径を登り、そして峠の石に腰を下ろすまでだが、これは普通の人間の普通の心の状態で、暑いなあとか、疲れたとか、とにかく瞬時も休むことなく、心の中にはあれやこれやと何かが去来している。つまり、言うなれば多念他心である。

ところが、ふっと蝉の声に心を惹かれ、次第に引き込まれていく。この辺から余念雑念が消え、心の中は蝉の声のみを追っている。だがそれでも自分があり、そして蝉の声がある。我ありという意識の中にも、心は蝉の声という対象一つに絞られた状態、つまり有我一念と言いうる。

次に、その対象となっていた蝉の声が、ぽんと一瞬にして消え去ってしまった。心がそれを追いつづけていただけに、その刹那、心は空白の世界へと放り込まれていた。同時に、我ありとの意識も消え、心の中は空白のみに絞られている。つまり、これは無我一念である。

これがさらに深みを増し、完璧なものとなって、空白という対象からまったく解き放たれた時に、いわゆる無我無念、あるいは無念無想などと言われているあの最高の心の状態が出現する。これが世に言う三昧地《さんまいち》である。

蝉の声は、三郎が山での修行に入った当初から、いつもその身近にあったものである。いや、部落の中にあってもいつでも聞こえていたのだが、それによってこうした心の状況が作られていったのは初めてであった。それだけ三郎の心が澄んできたのだと言いうるのだが、人間の心というものは、そうしたありふれた平凡な事柄の中から、心次第によっては思わぬ収穫が得られるものなのである。

一瞬にして虚空の外へと導き出された心、そしてほんのわずかな時の後、

「あっ、これだ」

と、気づいたのだが、もうその時は、気づいたのだから念が生じている。素晴らしいと思うのも念なら、あの白い雲が消え去っていく時と同じだ、と考えるのも、もちろん念。しかし、虚空の外に置かれた時というのは、その心の対象が空白であるから、思考は零となる。これは脳波をとってみても明らかなのである。

後に、中村三郎は、日本へ帰ってからのことだが、これらの体験と、日本でのある体験を重ね、音に心を集中し、無我一念の状況を意識的に作り出していく方法を考えついたのだが、いずれにしても、こうした心の状態は、安らぎを生み、肉体をも潤してくれることは確かで、だからこそ、古来からこれを求めて、さまざまな手段方法が考えられてきたのである。

そして、それを実際にやっていくのを行《ぎょう》というのだが、川の中での打坐《ダーラナ》もそうであるし、もちろん坐禅もその一点を追い求めての精進である。また、只管《ひたすら》、南無阿弥陀仏《なむあみだぶつ》と唱名《しょうみょう》念仏するのも、南無遍照金剛と力強く繰り返すのも、あるいは妙法蓮華経もそうだが、すべて雑念妄念を払い、俗信を清浄なる心、仏の心に置き換えんがための行である。

そして、行成り、無我無念の境が出現すると、またまた瞬間、真の我を覚知し、廓然無聖《かくねんむしょう》とこの天地大宇宙の実相を把握するに至る、と言うのである。これは、有史以来、多くの先哲覚者がそれを明言していること故、何の実証がなくとも充分信じうるところである。

ただ、日本では、言葉が常に曖昧な使われ方をしているから要注意で、無心に何かをする、などという言い方は、実際には一心にやれということであって、何か行為をともなう場合、当然、念は生ずる。念と明確に言えないまでも、その意志は必ずある。

三昧《さんまい》にしても、釣三昧などというのは、飽くことなく糸を垂れているだけのことで、古典サンスクリット語で言う三昧地《サマーディ》とはおよそかけ離れている。言葉そのものは時代によって変化していくから、それでよいが、そのことはよく承知していないと、とかく誤りが出てくることにもなりかねない。

またこれらの心の内容についての分析は、後年中村三郎が試みたもので、ヨーガ哲学そのものとは関係ない。いやむしろ、科学的な捉え方だと言えよう。

こうして三郎は、地の声天の声を把握していったのだが、とかく日本の常識では、坐禅とか瞑想ともなると、静処《じょうしょ》よろしく、ということになるのだが、ヨーガ哲学では、むしろ積極的に耳も聾せんばかりの轟音の中へと飛び込んでいく。けっして逃げを打たないというヨーガの積極性がここにも見られるのだが、それは、禅の現実を直視していく姿勢にも現われているし、日本の古歌にも、

坐るなら四条五条の橋の上行き交う人をそのままに見て

というのがある。ここには、いかなる障害をも力強く乗りきっていこうとする激しい闘志がうかがえる。禅の乾坤一擲《けんこんいってき》の気迫が漲《みなぎ》っている。こうした中で、線香の灰の落ちる音、蟻の這う音を聞こうというのは、人間にとっての最高の夢《ロマン》だと言えよう。

十六　クンバハカ

三郎がこの部落へ来てから、三度目の冬を迎えようとしていた。冬とは言っても、そこは南国、ただ少し涼しくなるという程度で、相変わらず野山の緑は濃いし、日中の暑さもかなりのものであった。だがそれでも、朝夕はそれなりに冷え込み、肌寒さを覚えるほどであった。

しかし、寝心地はよかった。今日も気分よく目覚めた三郎は、まず脇に寝ている羊に目をくれた。羊は、まだ丸くうずくまったまま動こうともしない。三郎は、その頭を一撫でするると、戸を開けて外へ出た。朝の冷気が、薄い布をまとった三郎の肌を強く刺す。

しかし、四季の変化に飢えている三郎には、この程度の変化でもかなり魅力的なものであった。体が楽というだけでなく、気分の満たされるものがあったのである。

温《ぬく》みのこもった白布を、三郎は惜しげもなく脱ぎ捨てると、腰布一枚といういつもの姿にもどり、川の方へと向かった。すでに病人の面影はまったく消え失せ、再び甦《よみがえ》った筋肉は、赤銅色に逞《たくま》しく輝いている。そして、その歩みも力強い。

すでに川の中には、いく人かのヨギの姿が見られたが、三郎は、そこをすっと通り抜け、坐りなれた場に身を沈めた。冷たさが腰から下を締めつける。それでも、三郎の心には一点の動揺も見られなかった。

地の声、天の声と通り、そして、人間この世に何をしにきたのか、という瞑想も、苦難の末にやっと通り抜けてきた三郎である。それは、日々進化し、向上していく、この大自然の営みの中に、自分の生命をそれに背くことなく投入していくことであった。

そこには後退はない。より完全を目指し、前へ前へと進んでいく生命本来の姿があったのである。十カ月もの間かかって、やっと得られた結論ではあったが、それでも答える時に三郎は自信が持てなかった。理詰めに考える習性はついていても、直観力で求めていくなどということは、まるで経験がなかったからである。

しばらくすると、ヨギたちが坐っている流れの間を、静かに歩む人の気配がする。カリアッパ師であった。その歩む気配は、静寂の中をゆっくりと川下の方へと移って来る。時折り、こうして師はヨギたちの行を見てまわるのであった。

三郎の耳は、それを明確に捉えてはいたが、さりとて、それによって心に波動が生ずるでもなく、ただあるがままに心の奥底で捉えていたにすぎない。やがて、その気配は三郎の方へと近づき、そして行き過ぎることなく三郎の前で止まった。

「いいぞ、それでよいのだ」

低く小さな声ながら、その声の端には熱気があり、弾みがあった。

歓びが端的に現われていたのである。この川での打坐は、始めてからもう二年の余になるのだが、師がこのような言葉をかけてくれたことは、かつて一度もなかったのである。いつも川上から川下へと師は通り過ぎるだけであった。

それだけに三郎の歓びも大きかった。やっとそう言ってもらえるだけの地力がついたのだ。三郎は、自分でもそれだけのことはある、と自負する気持ちも動いた。

それからいく日かがたった。流れの微かな音と小鳥の囀りのみを残し、渓流は完全に静寂の支配するところとなっていた。三郎の心もすっかりそれに同化し、静そのものとなっていた。水の冷たさもなければ、朝の打坐をしているのだという意識もない。いや、生きてこの世にあるのさえ、遠い彼方へと消え去っていたのである。いっさいは、ただ静の一点に集約されていた。

そうした中を、ゆっくりと流れを切って歩むカリアッパ師。そして、その足はまたもや三郎の前で止まった。

「そうだ。それでいいのだ」

この前と同じ言葉がかけられた。思わず三郎は薄く目を開き、半眼となった。と、流れに洗われる師の脛《すね》が視線の中に入ってきた。師は、そうした三郎を、上から笑顔で満足げに眺めていたのである。

やがて打坐も終わり、三郎もほかのヨギたちとともに川を上がった。水から出ても、しばらくは気が抜けない。気を許すと、たちまち朝の冷気に打ちのめされるからである。打坐に打ち込んでいる間というものは、腰から下の痛いまでの冷たさも、さまで苦にはならない。いやむしろ、気の緩みを生じさせぬよき支えとなってくれる。ところが、川を出ると、途端に寒さが襲いかかり、体の震えが止まらぬことがあった。やはり、心の間隙を突かれるのである。

しかしそれも、毎日繰り返されることによって、ある程度、体の方で自然に防禦してくれるのであったが、それでも、ともすると、終わった、と思う安心感が優先し、隙は生じやすい。朝露を含んだ草を踏み、三郎は体を拭きながら上がって行く。すると、そこにカリアッパ師が立っていたのである。思いがけぬことに、三郎はあわててひれ伏した。すると師は、

「駄目だ。そんな態勢では」

と、鋭く叱った。そして、そのまま足早に去って行ったのであった。その叱声は、つい先ほどの、あの優しさと歓びに満ちた言葉とはおよそ対照的で、実に冷ややかなものであった。三郎は、何のことやらさっぱり分からなかった。だがそれでも、そう言われても致し方ないような、頼りない自分を感じとっていたのである。それが何であるかは分からない。ただ漠然とそう感じただけであった。

この日三郎は、師について山径を登る時も、また滝壺の大岩に坐っている時も、そして山径を下って来る時も、いつも心の中にはこのことが去来していた。

〈川の中では、カリアッパ師はあれほどまでに喜んでくれた。あの時は確かにあれでいいのだ。

しかし、上がった時だって、別に気を抜いているわけではないのだが……〉
と三郎は、終日あれこれと模索した。翌日も、その次の日も考えた。川の中での自分、そして上がった時の自分、師は態勢が云々《うんぬん》とも言った。違うと言えば、川の中では心を澄ましているが、終わればそれなりにあれこれ考える。これは至極当たり前だ。
いくら考えても分からなかった。それでも三郎は、いつしか理詰めの追求はやめていた。所詮、益なきこと、と分かっていたからである。ただ、両者の違いに、充実感の有無があるということだけは深く心に刻みつけておいた。

それから旬日、川での三郎に、カリアッパ師は、三度、声をかけてくれたのである。

「そうだ、そうだ。それだぞ」

師が去った後も、三郎は心の中で、その言葉を何度も繰り返し、反芻《はんすう》した。確かにこれでいいと思う。自分でもそう思うのだが、それではどこがどういいのかとなると、さっぱり分からない。ただ、全体の印象としていいと感ずるだけなのである。

〈そうだ……師は態勢と言われたな……それは心のことかしら、それとも体のことかしら〉

師は常に心を思い、体を思っている。どちらに傾くこともなく、車の両輪のように大事にしている。そのことはもう三郎にも充分伝わっていた。

三郎は改めて自身の心と体とに思いをめぐらした。心は深い安らぎにあった。そして、半ば水に没している体はほどよく締まり、盤石《ばんじゃく》の重みに支えられている。どこにも不安定なところはない。

打坐を終え、三郎が川を上がって行くと、やはり、木の脇にカリアッパ師は立っていた。薄々、予想していたとおりであった。しかし師は、ひれ伏した三郎にくるりと背を向けると、黙って広場の方へと歩んで行く。明らかに失望してのことであった。

山へ登った三郎は、大岩の上にどっかと坐を組んだ。川の中ではただ只管《ひたすら》打坐に打ち込んでいるのみで、態勢を整えようなどとは考えてもいない。ただその場の状況が、身を切るような水の中であるというだけだ。しかし、それに対する備えなどはしていない。三郎は、今日もそっとそれらに探りを入れていた。

だいたい人間の体というものは、環境の変化に応じて微妙に変化していくものである。これは自ら意識的にすることではないが、暑ければ自然に汗を流してくれる。汗が蒸発する時には、蒸発熱によって皮膚が冷やされるわけである。実に巧みな冷却装置であり、大自然の営みの精巧さには驚き入る。一事が万事で、生体の防衛反応というものは完璧なまでに備えられている。

しかし、これらの内部変化は、おおむね意識下のことであり、外界の刺激や心の変化と連動してはいるのだが、どのように変化しているのかなどということは、自分でも分からない。

師から駄目だと叱声を受けて、一カ月の余、三郎は苦吟しながらも、時の経過とともに、次第に心はそのとらわれから離れていった。そして、打坐に入れば打坐に、瞑想に入れば瞑想にと心は融け込んでいったのである。さすれば、疑念も苦しみもすべてはうたかたの夢となり、遠き彼方へと消え去っていく。

ほの暗さの残っている浅瀬の中で、三郎は流れに身を任せていた。そこには、天もなければ、地もない。それでいて、その虚空の中から、岸辺を歩む微かな音を三郎の耳は鋭く捉えていた。歩みは、さらに流れに沿って徐々に川下へと移って来る。冷徹な三郎の意識は、それに集中していった。

「よし!」

満足げなカリアッパ師。その余韻を三郎はじっと味わっていたが、その時、一瞬ある閃きが走ったのである。

〈そうだ。このままの態勢がいいと言うのなら、岸辺へこのままそっくり持ち込んでみよう〉

どこをどうするというより、このままで勝負しようとしたのである。一人、二人とヨギが座を立ち、岸辺へ上がって行ったが、皆が川を出たのを認めてから、三郎はある決意を秘めてそっと目を開いた。そして、身も心も川中にあるとまったく同じ態勢で、それを微塵も崩すことなく、一気に岸辺へと歩んで行った。そして体も拭わず、カリアッパ師のもとにひれ伏していったのである。

「できた。それが、クンバハカだ」

師は大きく叫んだ。

「よくできた、よくできた」

膝をついた師は、ひれ伏している三郎の両肩を力強く抱きしめた。その時三郎の首筋には、冷たいものが一つ二つと滴り落ちていった。師は涙を流していたのである。感動はそのまま三郎に伝わり、三郎も泣いた。そして、涙とともに、無量の感慨が後から後からと、三郎の胸を突き上げてきたのであった。

同時に意外でもあった。これがクンバハカだとは、つい今しがたまで思ってもみぬことだったからである。

「壺の中に水をいっぱい入れた状態」

これがクンバハカだと言う。そして、これができれば、猛獣毒蛇の棲処であるあの二の山でも、三の山でも入ることができるのだという。そしてまた、それが人間にとってもっとも神聖であり、かつまた完全なる状態なのだ、とも師は言われた。したがって、高度な修行をするためにはどうしても通らねばならぬ道だったのである。

「いつまでかかってもいい、自分で会得しなさい」

師からそう言われたのは、一年半も前のことであった。以来三郎は、この命題に取り組んできたのだが、まったく手がかりさえつかめなかったのである。いく度諦めようとしたか、いく度放り出そうとしたことか。そして、その都度、思い返しては何とか温めてきたのである。

ヨギにとって大きな難関の一つと言われる、このクンバハカではあったが、それだけに会得に至るまでの年月も、五年、十年、いやもっとかかるとさえ言われているのであった。それだけに、それがクンバハカだと言われても、信じられぬ思いが先に立つ。ただ、師であるカリアッパ師が、これほどまでに自分のことを喜んでくれるという大きな愛に対し、三郎は涙を流していたのであった。しかし、いまだことの重大性への認識はなされていなかったのである。

滝壺の大岩に坐り、三郎は改めてしみじみとクンバハカの味をかみしめていた。この一年半の分からぬことへの苦悩も、今となっては懐かしさを覚える。そうしているうちに、ふと三郎は、ある重大な事柄に気づかされたのであった。

それは、自分が長い間求めていた、どうすれば心の動揺を防げるかという大問題が、このクンバハカによって完全なまでに解決している、ということであった。

身も心も完全な状態がクンバハカなのであるから、そこには心の動揺など入り込む余地などないのは当然だったが、それだけに、何かしらの苦悩にあえぐような時、あるいは悲しみや怒りというような感情の処理に困惑した時など、このクンバハカの状態に入れば、それは一瞬にして解決する。いや、そういうものとはいっさい縁がないのがクンバハカである、ということに気づかされたのであった。

すがりくる死への恐怖。病をあれこれと思い患う神経質な感情。それらに心を掻き乱され、三郎はどれだけ苦しんだことか。せめて、一時の安らぎでもいい、それが得られたらもう死んでもいい、とさえ痛切に願ったものであった。

だが、それらを一挙に葬り去る手段としてのクンバハカ、その存在に気づいた三郎は、改めて心の底から喜びが込み上げてくるのであった。ヨーガの里へ来た目的というのは、これ一つで立派に果たされている。

目の前の奔流も、そしてあの岩も、この岩も、今はもう輝ける存在として三郎の目に映った。舞い上がる飛沫も、水晶の玉を見る思いだった。そして、生きていることへの歓喜が、三郎の全身を激しく突き抜けていったのである。


感情の統禦、そして感覚から受ける苦痛の統禦、この二つは現在でも人類永遠の悲願だと言っていい。心の安らぎを求めて宗教が生まれたのも、また死の恐怖から逃れんがために、さまざまな人生観、世界観という哲学が生まれたのも、結局は感情が統禦できず、日々おおらかに過ごしたいという念願がかなえられなかったからにほかならない。

何とかして安らかに生きたい、そう願いながらも不安が先に立つ。その傾向が強くなれば神経症《ノイローゼ》ということになるのだが、今日の複雑な社会は、遠い昔の人々が求めたそれとはまた違って、激しい騒音や人間関係の重圧、そしてそれらから引き起こされる不安や恐怖、焦燥という感情の歪みが、日々現実の問題となってわれわれに覆いかぶさっている、ということである。

そして、多くの人々が、それによって疲労を覚え、心因性と分かる病を抱え、何らかの問題解決を迫られているのだから、このクンバハカの命題は、それらの人々にとってはけっして見逃せぬものではある。

「人間の体に、寒暑、騒音、薬物などの物理的刺戟や、不安、恐怖、焦燥などの精神的刺戟が与えられると、それらの刺戟はすべて間脳に集まり、そこから神経系統を通じて体内に伝えられ、ある種の変化を起こさせる。それを適応症候群と言うが、多くの動物実験でも、肉体的な刺戟や精神的な刺戟を与えると、いずれも同様に副腎は赤く腫れ、リンパ腺や胸腺も縮小し、胃には潰瘍性の出血が見られる」

これが、ハンス・セリエの刺戟《ストレス》学説の根幹だが、これを防ぐ方法としてのクンバハカを、前述したように米軍将校たちに説いたわけである。とは言っても、その当時はまだ刺戟《ストレス》学説を発表する前であったから、その生理的な機構《メカニズム》は分からなかったが、とにかく実害があるということは、自身の体験から痛感していたところでもあるから、これを説いたのであった。

しかしながら、あの米軍女性少佐のように、自ら求めてきた人ならともかく、ほかの人々の多くは、やはりただの話として聞き、それ以上には至らなかったかもしれない。刺戟《ストレス》学説が出て、その害の生理的機構が分かったとしても、それを防ぐ方法を講じなければ何もならないし、現在のところそれがないのであるから、それだけにこのクンバハカは注目に価する。

「刺戟を感じたら、すぐ肛門を閉める。と同時に、臍下《せいか》丹田に気力を込め、肩の力も抜く。この三つを同時に行なって、その瞬間息を止める」

中村三郎は米軍将校らにそう説いたのだが、とにかく、これを何度も繰り返す。刺戟そのものを押さえようとすると失敗する。感情などは押さえようとせず、そのままに捨ておいて、鋭意この三つを同時にやることに専念する。その成否の鍵は、やはりこの感情などの刺激を押さえようとしないところにある、と言えそうだ。

悲しみや怒りをなくそうと努力することは、そのままそれをいつまでも心の中に置いておこうという努力にほかならないからで、それより放っておいて、ほかのことをやるに如《し》かずなのである。

それでは、この説かれたクンバハカが、ヨーガ哲学の求めている本当のクンバハカなのだろうか、という重要な問題なのだが、実はそれはさに非ずなのである。

そこで、初めから追っていくと、

「壺の中にいっぱい水の入った状態」

というのは、入っている水によって、底の方は重量がそのまま乗って安定の役を果たしているが、ほかの部分はおおむねどこも均等に水圧が加わっている。これを人間の体に置き換えてみると、結局、どこにも力が入っていない状態だと言いうる。ちょっとでもきばれば、そこに力が入ってしまうから全体の調和が崩れる。つまり、完全に力の脱けた状態なのである。

心が少しでも緊張すると、それはそのまま肉体の緊張に連なる。それも目に見える肩や腕というようなところだけでなく、顔面から内臓にまでおよぶが、心にいっさいの緊張がなければ、肉体も自ずからそうなっていく。

ただ尻の穴は、冷たい水の中にあることからして、肉体の防衛反応によって自然に閉まってくる。最小限の筋の緊張は、底の部分にはあるということであるが、水中にある時はほとんど意識にはのぼってこない。したがって、その変化に自分でも気づかない。

言うなれば、ちょうど何のとらわれもない本心が、ありのまま体に現われている仏像のように、あの威厳と慈愛に満ちた人間像、それはまさに理想的な人間像であり、古来から人類が追い求めてきたもので、心身が一如《いちにょ》の状態になっていることは容易に察しがつくのだが、こうなると、

「自分で悟ったことを、人に教えてはいけない」

と言われるまでもなく、人に教えられてできるような事柄ではない、ということになってくる。また、瞑想や打坐の心境などもそうだが、不立文字であり、表現のしようもないところを下手に自分流の表現を口にしたりすると、やはり妙な方向を示したりする結果になりかねないから、その辺を厳重に戒めたものと思われる。

クンバハカを会得してから一カ月ほどがたったある日のことである。三郎は、呼ばれてカリアッパ師の家に行った。師は喜んで三郎を迎え入れ、椅子にかけさせた。そしてこう言ったのである。

「このヨーガの里へ来てから、お前は実によくやった。初めの一年ほどは病人でもあったし、さ

ぞ辛い思いもしたであろう。でもな、本当によくやった。異国の地にただ一人、寂しい思いもしただろう」

「…………」

「でも、そのお蔭で、クンバハカまで身につけられたのだ。私も、今までにずいぶん多くの弟子を育ててきたが、お前のように、こんなに早くクンバハカを会得した者はいなかった」

三郎がこれに要した月日は、一年と七カ月ほどであったが、三郎にとってはずいぶん長い月日であった。しかし、師はもっとも早いと言う。

「これさえできれば、後はもう一人で充分生きられる。お前が一度入ってみたいと言っていた、あの二の山でも、三の山でも、今のお前なら入れる。でもな、お前はここの人間ではない。そこまでする必要もなかろう。後はもう、自分の国へ帰って、幸せにお暮らし」

声をあげて三郎は机の上に泣き伏した。子供のように大声をあげて泣いた。それを見守るカリアッパ師も、溢れ出る涙を拭おうともしなかった。しばらくして、カリアッパ師は立ち上がると、三郎の脇へ来て、片手を三郎の肩に置いた。

「もし、困ったことがあったら、私の代わりに、もう一人のお前が、それを解決してくれる。けっして寂しがることはない」

そのもう一人のわれこそ、ヨーガ哲学が無上のものとして敬いおくあたわざる真の我であり、融通無礙《ゆうずうむげ》、自在に自己の命運を切り拓《ひら》いていく絶対の我であった。自灯明《じとうみょう》法灯明、二千年前、ヨーガを学び、そして自ら境を拓いた釈迦は、死の直前にこの説法をしているのである。師の法を伝承するということは、そういうことなのである。

「そうだ。お前にな、いい名前をあげようと思って、考えておいたのだ」

カリアッパ師はそう言うと、三郎のそばを離れ、部屋の片隅から木箱を持ち出してきた。そして、そっと机の上に置くと、蓋を開け、一本の太い万年筆を取り出したのである。それは、あの大旅行の折り、師が英国でもらい受けた記念の品の一つであった。その万年筆で、カリアッパ師は、机の上の紙にさらさらっと書き流した。

「旺《お》喇《ら》毘《び》伝《ん》陀《だあ》。どうだ、いい名だろう」

崩れんばかりの笑顔で、それをそっと三郎の方へ向けた。陀《だあ》というのは、ある一定の行を終えた者のみに贈られる一種の敬称であり、できているとか、完全というような意味合いを持っていた。その紙片を見つめる三郎の目には、再び涙が泉のごとく溢れ出るのであった。

こうして、数奇な運命から、まったく思いもかけぬヨーガ哲学に直接触れるという、中村三郎の貴重な体験は、ここに終焉《しゅうえん》を迎えたのであった。

後書

この物語は、中村三郎、号天風師（一八七六―一九六八年）の体験を主題として創作された小説である。しかし、小説とは言え、重要な部分は、可能なかぎり事実をありのまま伝えるよう意を尽した。

それは、何と言ってもヨーガ哲学というのは、深淵にして高邁、人世に処する上での第一級の哲学であり、それを少しでも正確に世に伝えるのは大変意義あることだ、との認識があるからである。

また同時に、中村三郎なる人物を、これまた可能なかぎり、客観的な立場から見るようにも心がけた。と言うのは、中村三郎なる人物は、実は私の師匠だからで、師弟の情という壁を払って、一人の人間として眺めることは、言うはやすいが、なかなかもってむずかしい。

しかし、これは何としてもそうあらねば、と考えた。なぜなら、自分の持つ尊敬念を、故なく第三者に押しつけるという愚を避けねばならないからで、これは今の社会にはもっとも必要な事柄であろう。

また文体上、その方が読みやすいということから、師の言を、あたかも自分で考えたかのような書き方もした。しかしこれも、あくまで便法上そうなったということで、哲学的に、また科学的に、これだけの内容をそう簡単にわがものにすることなど、とてもできぬことであるのは言うまでもない。

それと、懸念されることとしては、なるべく分かりやすくという配慮が裏目に出はしないか、ということで、それはカリアッパ師の説くところなどもそうだが、あまりにも平易であるがために、ともするとその価値認識に狂いがくる。平易な一語一語の中には、何千年もの歴史の重みが秘められている、ということも忘れてはならない事柄で、その他の部分でも、むしろむずかしい筆法をもってする方が、時にはやすいということだってある。

また、死と生については、もっと思いきった突っ込みをしたかったが、やはりどぎつくなってくるし、病む人々に嫌悪感を味わわせることにもなりかねぬと思い、ほどほどに切り上げた。それと、性についても主張したいことはあった。とくに高齢化社会にあっては、老人から性を取り上げる傾向がいまだに強いのは感心できぬ。

最後に、こうした正統な、かつまた本格的なヨーガ哲学の修行体験というものは、日本人はもちろんのこと、おそらく外国人にもあまり例はないのではないかと思う。とにかく、ヨーガの修行地は閉鎖的であるし、余人がこのような体験に恵まれるということは考えにくい。

しかし、そう断定することもできない。なぜなら、中村三郎が世に知られざる存在であるように、ほかにも、あるいは同様な体験の持ち主がいないともかぎらない、と思うからである。だが、それでも、重い病と戦争体験、そしてさらには医学的な知識という、これらの要素を欠いては、たとえカリアッパ師に拾われたとしても、このような成果には結びつかなかったであろうから、やはり中村三郎の体験は、きわめて貴重なものであるということは間違いない。

なお本書は、かつて新人物往来社から刊行された拙著『ヨーガの里に生きる』をもととし、書き改めたものである。ただし、このたびの出版にあたっては、より一般的にと、構想を新たに加筆増補した。これで、いただいた多くの御要望に、いくらかでもお応えできたかと、安堵している。

昭和六十三年五月

著者識す

著者紹介

おおい・みつる
心身統一法を唱道し、実業界のみならず各界に多大な影響を与えた中村天風に師事し、天風の哲学実践を独自の形で世に伝えることに努めた心理療法家。平成14年逝去。

ヨーガに生きる――中村天風とカリアッパ師の歩み　中村天風伝Ⅱ

1988年7月25日　初版第1刷発行
2015年5月20日　新版第1刷発行
2022年3月20日　新版第3刷発行

著者©＝おおい　みつる
発行者＝神田　明
発行所＝株式会社春秋社
〒101-0021　東京都千代田区外神田2-18-6
電話　(03)3255-9611(営業)　(03)3255-9614(編集)
振替　00180-6-24861
https://www.shunjusha.co.jp/
印刷所＝信毎書籍印刷株式会社
製本所＝ナショナル製本協同組合
装　幀＝鈴木伸弘

ISBN 978-4-393-13732-1　C0014　Printed in Japan
定価はカバー等に表示してあります